Olhando a Vida de Pernas pro Ar

# Cláudia Chapier

# Olhando a Vida de Pernas Pro Ar

São Paulo, 2020

# Olhando a Vida de Pernas pro Ar

Copyright © 2020 by Cláudia Chapier
Copyright © 2020 by Novo Século Editora Ltda.

**PREPARAÇÃO DE TEXTO**
Cinthia Zagatto

**REVISÃO**
Livia Mendes

**ILUSTRAÇÃO DA CAPA**
Alexandre Santos

**DIAGRAMAÇÃO E CAPA**
Vitor Donofrio

Texto de acordo com as normas do Novo Acordo Ortográfico da Língua Portuguesa (1990), em vigor desde 1º de janeiro de 2009.

Dados Internacionais de Catalogação na Publicação (CIP)

Chapier, Cláudia
Olhando a vida de pernas pro ar
Cláudia Chapier
Barueri, SP : Novo Século Editora, 2020.

1. Ficção brasileira I. Título.

19-2992                                    CDD-B869.3

**Índice para catálogo sistemático:**
1. Ficção brasileira

Alameda Araguaia, 2190 – Bloco A – 11º andar – Conjunto 1111
CEP 06455-000 – Alphaville Industrial, Barueri – SP – Brasil
Tel.: (11) 3699-7107 | Fax: (11) 3699-7323
www.gruponovoseculo.com.br | atendimento@gruponovoseculo.com.br

Para meus pais,
que sempre me incentivaram,
apoiaram e sonharam comigo.

Meu muito obrigada a todos os queridos que me "emprestaram" seus nomes e me inspiraram com suas histórias.

# 1. Tudo sempre igual

O quarto clareia de repente e uma voz lá no fundo chama por mim, como se fosse um sonho: "Juju...". Não pode ser verdade, penso sem conseguir sequer mexer os olhos.

Acabei de dormir, como já pode estar na hora de acordar? Mas aí vem a prova fatal. Sinto um hálito morno bem perto das minhas bochechas, e os inconfundíveis lábios carnudos de minha mãe tocam meu rosto:

– Meu amor, são seis e quinze, hora de acordar. Hoje tem prova, não podemos atrasar!

Putz, é verdade, a mais pura e triste verdade do momento: eu tenho que me levantar.

Minha cama parece me puxar para baixo, meu corpo está grudado no colchão. A coberta que rejeitei a noite inteira agora parece a coisa mais deliciosa do mundo, e quero ficar enroladinha nela por mais uma eternidade. Definitivamente, meus olhos não abrem. Ai, só mais uma cochiladinha e minha mãe nem vai perceber.

De repente, outro susto. Desta vez, a voz mansa e carinhosa se transforma numa bronca já sem paciência, quase um grito:

– Jujuuuuu, dormindo ainda? Já são vinte e cinco para as sete, filha. Você vai perder a prova, levanta já!

Meus olhos abrem quase como em um choque, meu coração salta, e eu me sento na cama num pulo só.

– Hã, hã... Tá bom, mãe. – Caramba, que susto. Será que as mães não podem permanecer doces por pelo menos o tempo de a gente acordar de vez? Sempre tão estressadas! Um dia vou fazer um guia para todas as mães do mundo lerem: como acordar seu filho sem matá-lo do coração!!!!

E lá se vai meu bom humor por água abaixo. Quer ver como consigo adivinhar? Daqui a cinco minutos, minha mãe vai voltar e perguntar se eu me lembrei do desodorante; mais cinco minutos, se eu escovei os dentes, e já vai aproveitar para avisar que meu ovo mole está pronto. Vamos sentar à mesa e comer os ovos juntas, porque ela pode estar com todos os compromissos do mundo na agenda, mas sempre faz um ovo para mim e outro para ela (é sempre a mesma receita da minha avó: ferve a água, conta até trinta, quebra o ovo no meio e vai raspando a casca por dentro até que toda a clara e a gema, ainda moles, estejam no potinho de vidro). Ela faz questão de sentar comigo para tomarmos nosso simples e rápido café da manhã, como eu já disse, juntas.

Prontinho. Ovo comido, cada uma vai para o seu banheiro, escova os dentes, e lá vem minha mãe armada com uma escova na mão, mas, agora, a de cabelo. A minha mais terrível e temível inimiga: a escova de cabelo. E, definitivamente, minha mãe não entende: escovar os cabelos dói!!!! Ainda mais pela manhã, com minha "juba" armada e emaranhada até o último fio. Mas ela insiste, com aquela mão pesada, em acabar com o resto do meu bom humor que ainda poderia existir às sete da manhã. E, no fim de tudo, ainda quer prender meu cabelo finalizando com um rabo de cavalo.

– Manhêêê, eu não gosto de prender meu cabelo!
– Mas hoje tem Educação Física, filha.

Impressionante. De novo, ela não consegue lembrar.

– Não, mãe, não tem. Educação Física é terça e quarta. E hoje é segunda...
– Ih, é. Ok, não precisa estressar. É tanta coisa na minha cabeça que já é demais eu me lembrar da sua Educação Física, mas que esse cabelo fica bem melhor preso, fica. Pelo menos, leva uma buchinha pra caso decida prendê-lo mais tarde.

Minha vontade por alguns segundos é a de estrangular a minha mãe se ela continuar insistindo em prender meu cabelo, mas me contento em apenas jogar a mochila nas costas e ir bufando chamar o elevador, porque já estamos atrasadas.

– Vamos, mãe, vamos logo que a gente já está perdendo a hora.

Por que será que tudo tem que acontecer da mesma forma todos os dias? O elevador ao invés de descer, sobe, vai para o nono andar. Encontramos o vizinho também gritando e arrastando os dois filhos mais novos do que eu. Enquanto nós três estamos com as caras amassadas de sono e parecemos estátuas dentro do elevador, sem a mínima vontade de pronunciar uma palavra, os dois adultos parecem duas gralhas falantes, nos enchem de perguntas e fazem observações idiotas do tipo: "Não repara o mau humor dela, não. Ainda está dormindo em pé!".

Se estamos dormindo em pé, por que não nos deixam em paz? Parece tão óbvio, mas eles insistem em fazer tudo igual, todo santo dia, igual. E, finalmente, o elevador chega ao subsolo. Que alívio. Estamos livres dos dois adultos que falam pelos cotovelos.

Minha mãe liga o carro, e bato os olhos no relógio.

– Manhêêê, eu vou chegar atrasada. Se tiver muita fila, vou descer no prédio verde. Pode me deixar no prédio verde, eu estou avisando.

– Pelo amor de Deus, não me estressa, filha. Não me estressa logo pela manhã. A gente tem muito tempo pra chegar, a escola é a um pulo daqui.

E lá vamos nós no carro da minha mãe. O rádio sempre está numa estação chata, e eu sempre mudo. Procuro minha rádio preferida, minha mãe pergunta se estou preparada para a prova e, quando vejo, já estamos na frente da minha escola. O dia começará a ficar legal agora, justamente depois de o Gilberto abrir a porta do carro, dizer um "bom dia!" e me ajudar a descer com toda minha parafernália (ele trabalha na escola fazendo isso).

Meus pés aceleram sem eu perceber, meu coração dá uma leve disparada, a disposição de repente aparece, o sono vai embora, e sinto uma alegria invadir devagarinho meu dia. Cheguei à escola. Cheguei para os amigos. E, apesar de ter prova, tem o recreio, tem a turma, e aí, sim, vem o melhor da escola... e do dia.

## 2. Eu

Não sou a menina mais popular da escola, nem ao menos a mais bonita. Não sou a mais inteligente, nem a mais nerd. Mas sou muito bem resolvida comigo mesma e isso me basta. Os meninos me olham mesmo sem eu usar maquiagem, fazer pose de patricinha ou estar sempre penteada, como minha mãe sonha. Acho que eles gostam do fato de eu me gostar. Tenho autoconfiança e faço o que gosto, porque não me interessa agradar a ninguém se, para isso, eu precisar me desagradar primeiro. Uso as roupas em que eu me sinto bem, adoro tênis com saia ou vestido, pantalonas, camisetas folgadas e risquei do meu guarda-roupa as leggings e as cores cinza e marrom. Meu cabelo é o que mais me rende elogios. E isso é estranho, porque ele é cacheado e comprido. Na contramão de tudo o que a moda manda, não faço escova, não uso chapinha e não gosto de cabelo liso para mim.

Adoro rir e antes não me importava que meus dentes fossem separados na frente. Só que agora não gosto mais e, como não quero deixar de sorrir o tempo todo, convenci minha mãe e coloquei aparelho. Adorei saber que podia escolher a cor das borrachinhas e, cada mês, coloco uma diferente. Comecei com o verde, mas já estou no roxinho. Meu sorriso ganhou cor e isso faz com que eu me sinta como um arco-íris. Acho lindo o arco-íris.

Falando em sorriso, outro dia um menino da minha escola disse que minha boca parece um morango, vermelha e carnuda, perfeita como um desenho. Confesso que amei saber disso, tenho até usado mais gloss do que costumava. No fundo, no fundo, o menino me pareceu sincero e me convenceu de que minha boca realmente parece um morango. Então, se tenho a boca bonita, é melhor me concentrar nela do que nas coisas que não gosto em mim. Meus seios ainda não despontaram como nas minhas amigas. Elas se exibem nas camisetas justas e de alcinha como se tivessem duas peras por baixo da roupa. Enquanto isso, eu prefiro esconder nas camisetas folgadas meus bicos indiscretos, ainda sem nenhuma massa de enchimento para dar volume aos meus seios.

Sou mais alta do que a maioria das minhas amigas, mesmo sendo a mais nova delas. Minha mãe também era. Acho que serei parecida com ela. Às vezes, olho no espelho e penso: *sou a cara da minha mãe, a gente tem até a mesma pinta no pé direito*. Minha mãe é bonita. Adora se arrumar, é moderna, é jornalista, trabalha com cinema, conversa sobre tudo comigo, mas é terrível de gênio, brava como cão, mandona, sistemática e não larga do meu pé quando o assunto é estudo. Às vezes, alguns dias, quase sempre, minha mãe é *over*. *Over* legal, *over* chata, *over* tudo. E, nesses dias *over*, eu prefiro me trancar no quarto e só sair pra traficar comida. Isso mesmo, adoro atacar o armário, a geladeira e trazer tudo que me encanta comer pra dentro do quarto. Alguém sabe me explicar por que comer dentro do quarto é muito mais gostoso? O problema de novo é minha santa mãe, que sempre acaba descobrindo os potes e colheres que esqueço e me dá uma bronca de intermináveis minutos até acabar com o meu sossego.

Slime e Nutella são duas paixões atuais. Não sei quanto tempo ainda vão durar; estou sempre mudando minhas paixões. No ano passado, era skate. Atormentei tanto meu irmão que ele acabou me ensinando a andar. Atormentei ainda mais minha mãe, que morria de medo de me dar um skate e vivia rezando um terço inteiro sobre os perigos do skate para me convencer a desistir. Mas quanto mais ela falava, mais eu queria. Parece até praga de mãe: ganhei o skate, curti uns meses e, de uma hora para outra, desencantei dele e o esqueci embaixo da cama. Antes do skate foram os patins. A mesma história: paixão fulminante e, logo em seguida, um desencanto total.

Ah, isso sem contar a natação, o balé... Gente, agora é que estou me dando conta de como sou inconstante em termos de paixões. Tudo para mim é assim: um amor louco, a melhor coisa do mundo e, de repente, faz como uma flor: murcha e perde o encanto. Ai, ai, será que com os meninos também será assim? Tomara! E aí vem minha mãe de novo às minhas lembranças. Ela sempre me diz: "Filha, como dizia minha vó, o homem sempre tem que gostar mais da mulher do que a mulher do homem. Se quiser ser feliz, aprenda isso e nunca mais esqueça". Como sabedoria de mãe nunca falha, só por precaução, fico repetindo isso para mim mesma toda vez que meu olhar insiste em detectar um menino mais interessante rondando pela área.

Falando em meninos, hoje, pela primeira vez, senti um frio no estômago ao esbarrar no aluno novo da sala ao lado da minha. Ele se chama Carlos, mas todo mundo o conhece por Cacá. Tem a pele bem clarinha e as sobrancelhas bem pretas. Quando sorri, abre uma covinha bem ao lado da boca, o que, cá entre nós, combina muito com seu rosto com ar de garoto bonzinho. O Cacá é tímido e isso me atrai muito. Pra que um menino que fala demais, se eu já falo muito? Ia ser uma concorrência danada pra ver quem fala mais, então ser tímido é realmente uma vantagem para quem está ao meu lado. Eu falo alto, rio de tudo e gesticulo como os italianos. Seria uma loucura dois italianos juntos. Muito melhor assim: um fala e o outro escuta; um ri e o outro ri da risada do outro; um mexe com as mãos, pula e anda enquanto fala e o outro fica parado só olhando as macaquices do outro. E tudo se encaixa perfeitamente, como nos seriados da TV.

Tem uma coisa que, se eu pudesse, mudaria no Cacá. Ele é quase do meu tamanho. Que pena. Se a mãe dele tivesse caprichado um pouco mais no fermento, ele poderia ter crescido um tiquinho mais e aí, sim, seria perfeito. O mais perfeito de todos os meninos perfeitos da minha escola. Ih, será que o Cacá está entrando no meu rol de paixões? Aquelas paixões das quais falei lá atrás, as que me deixam cega de desejo e logo depois não têm mais a menor graça. Não sei, não. Agora parece diferente. Mexeu comigo, sabe? Aquela coisa do coração disparar quando ele se aproxima, da gente perder o fôlego quando encontra a figura no meio da escada do colégio, aquele olhar que faz o sorriso sair sem você nem perceber, e seu corpo parece derreter enquanto você pararia o tempo, se pudesse, só para ficar olhando para ele. É exatamente isso que sinto quando vejo o Cacá. Ele acabou de chegar à minha escola. E o mais curioso é que ele veio de outro país. Cacá morava com os pais em Edimburgo. Quem é que conhece alguém que morava em Edimburgo? Eu nem sabia onde fica Edimburgo. Mas é lógico que fui correndo dar uma "googlada". Minha mãe tem um globo terrestre no seu escritório e, quando percebi, estava procurando Edimburgo havia uma boa meia hora. E, assim, Cacá me rendeu uma nova descoberta em Geografia: Edimburgo é a capital da Escócia!

E o que um menino de 16 anos fazia em Edimburgo, uma cidade com cara de fria, num país com fama de frio? Até aquele momento, a única coisa que eu tinha ouvido falar da Escócia era um comentário de um primo meu na festa de aniversário do meu pai: "Eu ainda vou pra Escócia só pra fazer a rota do uísque, mas podem escrever o que eu estou dizendo porque não morro sem ir. Vou vencer meu horror ao frio e vou". Naquela noite, eu descobri que Escócia, uísque e frio têm tudo a ver.

Mas, voltando ao Cacá, foi aproveitando a deixa de Edimburgo que puxei a primeira conversa com meu crush. Eu estava no corredor, pegando meu livro de História no armário que aluguei, quando vi um menino meio desajeitado vir na minha direção, olhando para baixo e tentando encaixar a mochila nos ombros. Aquele jeito que beirava o tímido, meio desengonçado, me chamou a atenção. E minha maior surpresa foi quando o garoto que parecia atrair meu olhar como um ímã freou de repente e parou bem ao meu lado. Éramos vizinhos de armários. Como quem não quer nada, de uma forma bem natural, fui logo dizendo:

– Oi, você veio de outro país, né? Se quiser conhecer a nossa turma, vamos jogar vôlei hoje no pátio, na hora do intervalo. Está a fim?

Lembro como se fosse agora. Ele me olhou bem dentro dos olhos e esboçou um meio sorriso:

– Oi! Eu vim de outro país, sim, mas não sabia que as notícias correm tão rápido assim. Obrigado pelo convite, é bem legal conhecer o pessoal, mas eu não sei. Eu tenho um pouco de vergonha, sabe? Chegar no jogo assim, sem conhecer ninguém...

Pronto, ali estava tudo de que eu precisava para me aproximar do meu crush sem parecer uma patricinha desesperada atrás do menino novo vindo de Edimburgo. Cacá me contou que é brasileiro, mas que foi morar em Edimburgo porque seu pai foi trabalhar no Consulado Brasileiro de lá, e isso me pareceu bem chique. No primeiro e em todos os momentos seguintes, Cacá nunca pareceu entusiasmado com a ideia de ter morado em Edimburgo. Pelo contrário, seu entusiasmo vibrava mesmo quando ele falava de sua volta para o Brasil. Aos poucos, fui descobrindo que Cacá detesta frio, não bebe uísque (pelo menos ainda) e nunca conseguiu ver com naturalidade os *kilts*, as famosas saias usadas pelos homens nos trajes tradicionais escoceses. Mas também aprendi com ele que o povo escocês é bem gentil, divertido e muito fácil de fazer amizade. Nossas conversas se tornaram cada vez mais constantes depois do nosso primeiro jogo de vôlei. Aliás, Cacá ficou reticente no dia do encontro no armário, mas acabou aceitando meu convite para seu primeiro jogo com a turma.

O grande problema de Cacá é que ele, além de conhecido, passou a ficar também cada vez mais disputado. As meninas, que antes não davam a mínima para o menino tímido de Edimburgo, agora passavam a olhá-lo como o garoto bacana que morava num país bacana e era cheio de novidades em comparação aos outros meninos. Eu detesto essa ideia de disputa e, como sempre, estou na contramão das minhas amigas, que fazem de tudo para chamar a atenção de Cacá. Eu não acordo uma hora mais cedo só pra ficar no espelho antes de ir para a escola, não tomo banho na hora que acordo (detesto banho de manhã, prefiro antes de dormir), não uso batom no colégio, não falo alto só para chamar a atenção e não ando como se estivesse desfilando na passarela mais importante do mundo fashion. Eu sou exatamente eu, mesmo que para isso eu tenha que abrir mão do meu garoto de Edimburgo, aquele garoto que ninguém olhava até eu levá-lo para seu primeiro jogo de vôlei no pátio.

Resolvi que não vou entrar nesse páreo em que o troféu é o Cacá. Se eu tiver que me digladiar com as outras meninas para ganhar a atenção dele, estou fora. Vou arranjar um crush muito mais fácil e discreto; de preferência, algum menino aqui do Brasil mesmo, que nunca tenha vindo de um lugar diferente, pois meninos bonitos e chamativos são para capa de revista. Meninos interessantes são para meninas como eu, que preferem os caras legais, mesmo que não sejam os mais populares.

Assim, decidi que não vou mais procurar o Cacá. Se ele vier me procurar, tudo bem, mas mesmo assim seremos apenas bons amigos.

## 3. Perdendo a hora

Um clarão, acompanhado de um grito e um chacoalhão repentino e brusco, invade meu cérebro, cortando feito faca:

– Juju, perdi a hora. O telefone não tocou. Levanta rápido. São dez pras sete. Que droga, como o despertador não tocou? Você tem prova. Levanta, levanta, coloca o uniforme e hoje não tem ovo. Qualquer coisa, te dou dinheiro e você come na escola.

Caramba, como é que minha mãe perdeu a hora? Ela nunca perde a hora. Logo hoje que tenho prova na primeira aula. Você tem ideia do que é perder a hora em dia de prova? Pela primeira vez na vida, meus olhos abrem como em um flash. Dois segundos e eu já estou com o uniforme na mão, enfiando calça e camiseta. Os tênis, então, que todos os dias parecem não entrar no pé, hoje deslizam feito sabão; as meias são as de ontem mesmo, que já estavam dentro dos tênis. Mas, acreditem, minha mãe consegue voltar do nada e aparece que nem fantasma na porta do quarto, falando adivinhem o quê.

– O desodorante, esqueceu o desodorante? – Sem dar tempo nem mesmo para eu responder, passa a mão no desodorante que estava em cima da minha cômoda e já vai levantando minha camiseta e passando o desodorante no meu sovaco. Tudo ao mesmo tempo.

Como é que pode? Que poder é esse que mãe tem de não mudar nem um dia a rotina por completo, de não esquecer um dia sequer a droga do desodorante? Acho que, se o mundo inundar de manhã, é capaz de a minha mãe se afogar segurando o desodorante atrás de mim e, em seguida, me perseguir com uma escova de cabelo na mão. "Vamos morrer, filha, mas vamos morrer de sovaco cheiroso e cabelo penteado."

O superpoder de minha mãe de fazer tudo ao mesmo tempo e dar conta do recado realmente se supera hoje. Em exatos cinco minutos, ela faz o lanche da escola (lembrando de acrescentar uma banana caso me der fome, já que não comi meu ovo da manhã, apenas um iogurte), passa desodorante em mim, penteia o meu cabelo (desta vez, nem de reclamar tive tempo), pergunta se escovei os dentes e, agora sim, quebra a rotina e chama o elevador no meu lugar. Aliás, o elevador também resolve mudar o roteiro do dia, quem sabe com dó de mim. Em vez de subir para o nono, desce para o meu, sexto andar, já com o vizinho do nono e um de seus filhos. Nossa, hoje o dia será diferente mesmo. Falta um filho no elevador.

Minha mãe já entra avisando que perdemos a hora. Só não sei por quê, está na cara. Eu, de verdade, estou atordoada. Se em uma hora não consigo despertar de vez, imagina em dez minutos. Minha mãe saiu sem pentear os cabelos, mal deve ter escovado os dentes. Jogou no corpo uma calça riscada e uma camiseta mais folgada do que as minhas. No pé, o chinelão Havaianas que adora. As olheiras dela chegam à boca e os seus olhos pequenos parecem ainda menores de tão inchados. A sensação que tenho ao olhar minha mãe no espelho do elevador é a de que ela está ainda mais branca. Parece um fantasma! Chego a pensar: *nossa, é minha mãe mesmo? Aquela que nunca esquece um batom, nem que seja um cor de boca?* Mas permaneço quieta, né? Vamos dar um desconto. A coitada teve dez minutos para cuidar dela, de mim, do lanche e ainda sair de casa no mesmo horário de todos os dias. E o mais admirador foi que, mesmo assim, ao sair de casa, ainda deu conta de puxar um saco cheio de travesseiros que juntou para doar para os moradores de uma favela, que perderam tudo com a última enchente. Não é que a danada não esqueceu? Às vezes, acho que minha mãe parece um computador, com tudo programado.

Mas, sem dúvida, hoje será um dia diferente. A única observação da minha mãe ainda na garagem:

– Agora, só não pode quebrar o carro. O resto deu certo.

– Shiu, mãe. Fica quieta, para de chamar o azar – respondo, meio que em tom de advertência. Entramos no carro e minha mãe não pergunta se eu estou preparada para a prova, nem me dá conselhos. Apenas fica muda. Confesso que fico um pouco aliviada; afinal, eu preciso de algum tempinho pra terminar de acordar realmente. Até este momento, eu fiz tudo no automático, nem raciocinei direito. Acho que ela também. Do meu lado, também não reclamo, não xingo e, muito menos, protesto ao atraso avisando que descerei no prédio verde.

Vamos assim: mudas até a porta da escola.

Minha mãe também precisava acabar de acordar, ou pelo menos desacelerar o coração. Que milagre! Realmente, um milagre! E, pasmem, mais inacreditável ainda, ela para o carro em frente ao prédio verde sem eu pedir; parece que é só pra contrariar mesmo. E me pergunta:

– Quer descer aqui?

Desço. Desço pensando: *mães são mesmo inexplicáveis*. São exatamente sete e doze, o mesmo horário em que costumo chegar todos os dias, com o relógio do celular despertando e ninguém perdendo a hora. Sinto uma certa admiração pela minha mãe. Ajeito a mochila nas costas e vou em direção ao portão principal, repetindo: *mães são realmente inexplicáveis*.

Na hora de pegar o material no armário, como sempre, chego primeiro. Logo em seguida, vem o Cacá, com a cara ainda amassada de sono e um sorriso branquinho mostrando os dentes perfeitos. Assim que me vê, ele acena e chega mais perto. Me dá um oi com um beijinho no rosto, mas, desta vez, aproveitando a correria do início do dia, só respondo sem muitas palavras e vou logo para a sala de aula. Eu estou de costas para ele, mas posso sentir sua reação de surpresa ao me ver sair tão rápido. Tenho certeza de que ele fica me encarando até eu sumir porta adentro da minha classe, mas não viro, apenas dou um sorrisinho para mim mesma, algo com um gosto de satisfação, e penso: *ele notou que não estou nem aí para ele. Que bom.*

# 4. Pisando na bola

Hoje, a prova é de inglês, matéria que eu tiro de letra. Mesmo assim, tenho que me concentrar, pois, na última briga com meu pai, ele me prometeu que, se eu não tirar nota máxima nas provas, ficarei sem celular. Deus me livre ficar sem celular. O coroa endoidou. Pode me tirar tudo, até o sapato, mas não mexe no meu celular, senão eu piro, choro o dia todo, entro em depressão.

Meu pai é assim, oito ou oitenta. Ele demora pra brigar comigo, mas, quando briga, sai de baixo. Se minha mãe é brava, meu pai nervoso é o cão chupando manga, como minha mãe mesma diz. Algo como um furacão nível *hard*, destruindo tudo pela frente. A voz do meu pai já é grossa, parece locutor de rádio, mas, quando ele resolve gritar, ela fica ainda mais potente. Um único gritinho e eu já tremo inteira. Não precisa nem ameaçar bater, só o grito já é suficiente para assustar leão. Quer saber se meu pai está realmente puto? Fácil, basta olhar para o rosto dele. Se estiver vermelho-pimentão, a coisa está feia. Minha tática é o silêncio absoluto e depois, no fim, mas bem no fim mesmo, soltar um: "Desculpa, prometo que nunca mais faço isso". O problema é que ele não escuta e, quando escuta, diz que não acredita no pedido de desculpa, que eu sempre falo a mesma coisa, e continua gritando. Não sei se é uma tática de intimidação, mas ele olha no fundo dos meus olhos, bota o dedo em riste bem perto do meu nariz e solta uma ameaça tipo esta: "Se não fizer isto ou aquilo, vai ficar sem o celular, eu estou avisando. Vai ficar sem o celular!". Pronto, a essa altura, já estou em prantos. E juro, não é mentira, não. Estou apavorada mesmo. Meu rosto queima, meu corpo treme e meus olhos não saem do chão enquanto minha cabeça teima em ficar baixa. Essa hora, sinto tanta falta da minha avó. Se ela ainda estivesse viva, com certeza estaria pronta para me proteger da fera que virou meu pai. Ela me abraçaria bem apertado depois de tudo, faria um sinal de silêncio com o dedo nos lábios e me daria uma piscada. E eu me sentiria segura e corajosa nos braços dela, pronta para enfrentar a bronca do meu pai até o fim. Mas minha avó morreu, está em algum lugar do céu, eu acho. Por isso, eu tenho é que aguentar o perrengue sozinha, rezando para Deus ter dó de mim e acalmar meu pai o mais rápido possível.

O pior é que não consigo entender: tanto auê só porque eu deixei algumas lições de casa sem fazer no mês passado. Minha mãe quase me matou, lembro direitinho, como se fosse agora. Estava tudo tranquilo, minha mãe no Mac que ela tinha levado para a mesa de jantar, e eu e meu pai beliscando uns pãezinhos enquanto conversávamos. De repente, só vi minha mãe mudando de cor (logo ela, que nem fica vermelha), ficou muda, parecia que ia desmaiar. Do silêncio total, veio um tapa na mesa, tão forte que a madeira tremeu. Ela estava em estado de transformação, quase virando o incrível Hulk, quando soltou: "Juliaaaaaana".

Ihhh, meu nome inteiro no lugar do carinhoso "Ju"? Sujou! Meu coração saltou e só deu tempo de pensar: *estou ferrada!* Minha mãe estava de cara com o site da escola, na área restrita, com a minha agenda de observações aberta bem de frente para ela. Passei os olhos rapidinho e vi: 7 de fevereiro – não trouxe lição; 14 de fevereiro – não trouxe lição; e assim por diante, exatamente até o dia 28 de fevereiro. Caramba, confesso que por aquela eu não esperava.

Sem ter como me defender, optei pelo silêncio e pela cara de "sei que estou errada, mas estou arrependida". Mas quem disse que minha mãe ligava? Até meu pai ficou quieto. Minha mãe estava tendo um ataque, um chilique nervoso de grau máximo. Ela batia insistentemente com as mãos na mesa, ameaçava, xingava; seus berros com certeza foram ouvidos por toda a vizinhança.

– Eu não consigo ficar vinte e quatro horas no seu pé, Juliana. Eu tenho que trabalhar, eu tenho que ajudar a trazer dinheiro pra casa. Eu não sou como a maior parte das mães das suas amigas, que não precisa trabalhar, que não faz porcaria nenhuma durante o dia pra ficar atrás do filho. Eu me mato de trabalhar pra pagar a escola que você quer, pra te dar uma das melhores escolas que tem. Eu deixo de fazer coisas que eu quero pra conseguir pagar essa escola, e você nem aí. Você traiu minha confiança, eu te perguntei todos os dias, eu liguei do trabalho, eu avisei. E você sempre respondia que tinha feito as lições, que não tinha dúvida nenhuma. Você mentiu! Mentiu pra mim!

Meu Deus, ela não parava, não perdia o fôlego. O pior, ela sempre dava essas indiretas e eu, muito burra, achava que podia dar uma enganada, um olé nas lições, que ela nem perceberia.

Naquele exato momento, meu pai começou. Minha mãe estava exausta de tanto berrar e se levantou, dando três voltas pela mesa, enquanto meu pai assumia a vez. E aí veio, como sempre, econômico nas palavras. Só soltou a pérola de que, se eu não tirasse nota máxima em todas as provas, ficaria sem o celular. Para piorar ainda mais – sim, é possível piorar ainda mais –, ficaria também sem meu iPad.

Agora a situação tinha invertido. Quem estava muda era a minha mãe. Ela me encarou, mas bem de frente mesmo, e seus olhos resumiram por um segundo tudo o que ela estava sentindo. Isso me fez mais mal do que todo o resto da bronca e as ameaças. Eu vi no fundo da sua alma como ela estava sentida. Meu coração apertou. Eu era ré confessa e, daquela vez, estava arrependida mesmo. Senti uma tristeza apertar no peito. Tive vontade de abraçar minha mãe e pedir desculpas, mas, ali, naquele momento, nada disso iria valer. Só pensei: *desculpa, mãe!*

## 5. Meu pai

Meu pai não estava brincando quando ameaçou tirar meu celular. Ele estava fulo da vida comigo, e eu sabia que tinha pisado na bola mesmo. Por sempre ser uma bomba atômica prestes a explodir, quando meu pai está nervoso, só minha mãe tem coragem de enfrentá-lo, mas, quando a história é pro meu lado, geralmente os dois se unem e o melhor que eu tenho a fazer é ficar quietinha, passar despercebida, de preferência, sumir do mapa, literalmente. Meu quarto é meu melhor esconderijo, fico ali trancadinha, TV baixinha; e abro mão até do meu passatempo preferido, que é traficar comida. Tudo, tudo pra poder sumir e ser esquecida até a poeira baixar.

Um homem de poucas palavras e muitos pensamentos. Acho que essa é a melhor definição para meu pai. Um cara, realmente, intelectual. Está o tempo inteiro falando palavras difíceis. Outro dia soltou um "peremptório". Dá pra acreditar? Que pai fala "peremptório" pra filha? Na hora, pensei que era até palavrão.

– Pai, o que é isso? Deste jeito, vou arranjar um dicionário pra falar com você.

E foi lá, no pai dos burros, que achei a definição de "peremptório": que é determinante; que define; definitivo ou decisivo. Caramba, pai, pega leva. Não é muito mais fácil falar "decisivo" ou "definitivo"? Mas meu pai é assim. O tempo inteiro está lendo. Livro, Internet, revista, jornal, o que tiver na frente, até bula de remédio. De verdade mesmo, o que ele gosta é de Internet. E Internet no celular. Se existe um viciado compulsivo em celular, é meu pai. Quando não está trabalhando no escritório, das 24 horas do dia ele passa umas oito dormindo, umas doze no celular e o resto ele divide com as outras coisas que toda pessoa normal costuma fazer: comer, tomar banho e prestar atenção no que as outras pessoas da casa estão fazendo ou falando. Minha mãe fica puta da vida com ele, mas eu, de verdade, não ligo. Até acho legal esse jeito meio autista (é assim que minha mãe o chama) que ele encontrou de fugir das pessoas que considera chatas. Morro de rir quando ele diz que minha mãe fala demais e o deixa atordoado. No fundo, ele adora que ela fale no ouvido dele. Descobri isso quando percebi que, se minha mãe acorda mais quieta, ele fica doidinho atrás dela, cutuca a onça com vara curta de propósito, porque o que ele quer mesmo é vê-la falando pelos cotovelos.

Os dois são como água e vinho no jeito de ser, mas é impressionante como se completam e parecem perfeitos quando estão juntos. Eu não consigo, nem um pouquinho, imaginar meus pais separados. Ai, meu Deus, me dá até um frio na barriga só de pensar. Meu pai também é jornalista. E deve ser dos bons, porque já ganhou um monte de prêmios importantes.

Diferente da minha mãe, ele trabalha em um grande e conhecido jornal. Vive com o pé na estrada, às vezes, por meses. É nessas ocasiões que fico mais perto da minha mãe. Nos tornamos as melhores amigas, companheiras inseparáveis. Deixo meu quarto e me mudo para a cama deles até meu pai voltar. A gente dorme agarrada uma na outra. Ela adora! Assistimos a filmes na TV do quarto enquanto comemos brigadeiro de colher, ou pipoca com Coca-Cola. Dormimos cedo porque somos cúmplices no acordar cedo, mas, nas poucas horas que ficamos juntas, nos sentimos invencíveis. Conseguimos e podemos tudo. Ela é a Mulher-Maravilha e eu sou a She-Ra (duas heroínas das histórias animadas que minha mãe aaaama, aquelas bem da época dela mesmo e que, no caso da She-Ra, nenhuma amiga minha conhece).

Quando meu pai volta, é uma festa só. Estamos mortas de saudades. Não sei se é apenas uma coincidência, mas meu pai sempre chega de madrugada. Entra de mansinho, mas eu ouço a fechadura da porta e já dou um pulo da cama sem pestanejar. É tão bom ter meu pai de volta que a gente nem liga para a hora. Minha mãe também acorda, e são tantas novidades para contar que a cama vira uma festa, com presentes, risadas e muitos beijos.

O que eu mais gosto no meu pai é o tamanho do seu coração. Apesar do gênio forte, ele é um cara que ajuda todo mundo, que não se apega a coisas materiais e tem uma preocupação enorme com nossa família. Ah, meu pai também é bem mais divertido do que minha mãe. Ele adora parque, comer de madrugada na sala e deixar a louça suja, adora jogar suas roupas pela casa e adora aventuras que dão frio no estômago. Parceiro fiel nas montanhas-russas, nos mergulhos no meio do mar e nas primeiras pedaladas em uma bicicleta sem rodinhas. Enquanto minha mãe diz que vai desmaiar, ele se acaba nas brincadeiras que me fazem sentir cada vez mais livre.

Meu pai é meu porto seguro e eu morro de ciúmes dele. O problema é que ele também tem ciúmes de mim. Se chega uma mulher mais soltinha perto dele, eu já vou logo fuzilando. Se ele desaparece de casa sem me avisar, quem vira o pai sou eu. Fico doida atrás dele até achar. Ligo pra minha mãe, pro sócio dele, pro zelador do prédio. Puxa vida, custa avisar aonde vai? Mas, se ele faz o mesmo comigo, eu quero morrer. Engraçado. Detesto me sentir presa a ele, mas detesto ainda mais se ele se sente livre de mim.

A última do meu pai é um tal de intercâmbio em Londres. O cara tem quase 60 anos e resolveu que quer estudar inglês em outro país. A minha primeira reação foi chorar feito louca e fazer um escândalo:

— Eu não quero que você vá!!!! Você já deixa a gente sempre porque tem que trabalhar. Agora que não precisa, vai deixar de novo?

É, eu fiz um escândalo mesmo. Vendo agora, posso dizer que parecia novela mexicana, um drama só. Me dá até um pouco de vergonha. Fiz tanto auê que nem ouvi quando, insistentemente, ele tentou explicar que seria só um mês estudando e que eu poderia ir visitá-lo. Mas é insuportável pensar no meu pai no meio de um monte de meninas patricinhas, desesperadas e interesseiras tentando arranjar um jeito melhor de vencer na vida. Nossa, tive um ataque de ciúmes e minha mãe nada, só ali, olhando como se fosse a coisa mais natural do mundo meu pai ir para Londres sozinho. Ah, ele não vai sozinho. Vai com o meu primo, que tem 26 anos e já está virando o *expert* em intercâmbio. Já estudou em Toronto, no Canadá; em São Francisco, nos Estados Unidos; e agora vai com meu pai para Londres. Está todo entusiasmado porque vai conhecer a Inglaterra. Só está faltando decidir que, no próximo ano, vai estudar inglês no Japão.

Mas já faz três dias que meu pai me contou a sua nova aventura e, com o tempo, fui me acostumando com a ideia. No primeiro dia, morri de ciúmes; no segundo, fiquei com vergonha. O que é que meu pai, coroão, vai fazer no meio de um monte de jovens? Mas agora, confesso, estou na fase do orgulho. Estou morrendo de orgulho da coragem do meu pai. Puxa, ele é valente mesmo. Eu é que não teria coragem de me meter numa escola em Londres, aos 58 anos, sem falar uma palavra de inglês. Exatamente isto: sem falar nada em inglês. Vai ser um desafio e tanto para ele. O cara que sempre tem uma secretária, uma funcionária, ou minha mãe resolvendo tudo para ele, agora vai pra Europa de mochila nas costas, ficar em residência estudantil e enfrentar uma escola aprendendo o beabá de uma língua que sempre o apavorou. Acho que meu pai é único nisso. Nenhuma amiga minha tem um pai que vai fazer intercâmbio. É, é isso aí. Meu pai, de fato, é um cara legal!

# 6. Na dúvida

Hoje, minha turma combinou de almoçar no shopping ao lado da escola. Se fosse dois dias atrás, eu convidaria o Cacá. Mas, agora, acho melhor deixar para lá. Por mais que eu tente, não consigo esquecê-lo e, quando cruzo com ele em algum lugar, meus olhos vão instantaneamente na sua direção. Quero não dar bandeira, mas sei que, bem no fundinho, fico doida para que ele me veja e, quando me dou conta, estou fazendo mil e uma peripécias para chamar a sua atenção.

Até acordando mais cedo um pouquinho eu estou. Sabe aquela briga com minha mãe por causa da escova de cabelo? Pois é, nem tenho mais reclamado. Até peço para ela caprichar um pouco mais. Esses dias, numa dessas, minha mãe levou um susto quando pedi para ela prender meu cabelo. Sua resposta foi uma careta de "ué", que não aguentei e comecei a rir. Minha mãe é esperta. Já sacou que tem menino na jogada, mas, como sabe que se falar alguma coisa vou dar do contra, dizer que ela é louca e cortar logo o diálogo com um "para com isso, mãe", ela finge que nada está acontecendo e só esboça um sorrisinho maroto sem nenhum comentário.

Também aderi ao gloss de vez. Lembrei que minha boca parece um morango e resolvi valorizar. Troquei a calça bailarina pela bermuda nos dias de Educação Física; afinal, todas as meninas adoram mostrar as pernas. Ainda mais agora que aderi à lâmina de depilar, pois a famosa gilete é muito mais rápida e indolor do que a depilação. Nossa, aquela coisa de cera grudando, cera esticando, puxa daqui, estica dali, é um horror. Como dói! Realmente ninguém merece.

E assim tenho tentado convencer a mim mesma de que nada disso é por causa do Cacá. Afinal, já sou uma adolescente e, como toda adolescente, está na hora de começar a me cuidar. Meu pai também já percebeu que estou mudando e fica atrás de mim, me dando um monte de conselhos:

– Olha, se alguém te olhar assim, você faz isto. Se alguém te falar aquilo, você responde aquela...

Meu Deus, se ele continuar assim, vai ficar doido de pedra. Meu pai acha que o mundo vai me cantar, como se eu fosse a menina mais linda da face da Terra. Mal sabe ele que eu nem sequer consigo conquistar meu menino de Edimburgo.

Aliás, hoje o Cacá passou o intervalo inteiro na escola conversando com a Alice. Não entendo o que ele vê nela. Talvez a inteligência, ou o fato de ela ser nerd o suficiente para fazer o curso livre de robótica toda sexta à tarde, assim como ele. Beleza é que não é. Se tem alguém mais sem graça do que eu naquela escola, é a Alice. Acho até que está um pouco acima do peso. E ela alisa os cabelos. Estica tanto que os fios chegam a ficar finos e espaçados nas pontas. Mas Alice já beija na boca. Usa sombra, rímel e batom para assistir à aula. Imagina? Grande coisa assistir às aulas de Matemática com os cílios tão grandes que seus olhos parecem estar caindo. Não sei como ela consegue enxergar a lousa. E aí falo pra mim mesma: "Francamente, Ju, o Cacá nem deve ser tão legal assim. Um cara que dá bola pra quem assiste à aula de Matemática às oito da manhã montada nos cílios postiços...". E mais uma vez tento me convencer de que o Cacá deve ser apenas como todas as minhas outras paixões: passageiro.

Mas eu não consigo!!!! O que esse menino tem eu não sei. São tantas coisas. A covinha, os dentes perfeitos, a pele branquinha, as sobrancelhas marcantes... e o sorriso, que sorriso lindo! Meu Deus, ele é perfeito para mim. Até suas mãos me deixam louca e olho pra elas fascinada. E, agora, fico tentando me convencer de que tenho que esquecer o Cacá, mas fui eu quem o descobriu, fui eu quem o viu pela primeira vez no encontro do armário. Fui eu quem o trouxe para o mundo do colégio quando ninguém o notava, quando ele não passava de um menino desconhecido vindo de Edimburgo. Não é justo que eu o tenha mostrado para o meu mundo, para as minhas amigas, e que justamente essas amigas estejam tentando roubá-lo de mim. E o pior: que estejam conseguindo.

De uma hora para outra, me dou conta de que não nasci para perder. Pelo menos, não assim: perder conformada. Não vou rastejar atrás de menino nenhum, mas também não vou dar o menino que eu quero de bandeja para meninas que nem sabem se gostam dele de verdade. No fundo, acho que elas gostam é de meninos, não importa o que eles sejam ou tenham. Logo, logo, vai aparecer outro garoto novo e todas as atenções vão se voltar para ele. O menino de Edimburgo será apenas mais um que passou pela turma.

Não convidei o Cacá para o almoço no shopping, mas sei que não seria necessário; as outras meninas já tinham se encarregado disso. Me armo no que tenho de melhor, a minha inteligência, e vou. Como todos saímos no mesmo horário, combinamos de nos encontrar na porta. E assim fazemos, mas, diferente dos outros dias, eu estou radiante com todos. Em vez de centrar minhas atenções no Cacá, prefiro ir ao lado do Alê, meu parceiro nos trabalhos de sala de aula. Faço questão de falar baixinho qualquer besteira no ouvido do Alê, mas é só para termos a oportunidade de soltar uma gargalhada e, assim, despertar a curiosidade do resto da turma.

O Alê é um trunfo perfeito. Alto, inteligente e louro demais para o meu gosto. Mas o Cacá não precisa saber disso e, assim, continuamos até o shopping. Por mais de três vezes, a turma nos pergunta o que tanto a gente cochicha, mas eu só respondo: "Nada não, só coisa de amigos...". E o Alê concorda, balançando a cabeça em sinal de consentimento. Às vezes, eu aproveito e coloco minha mão sobre as dele, pois acho que isso apimenta um pouco o clima e ajudará a crescer as fofocas sobre nós dois. Não dá outra: em pouco tempo, os olhares duvidosos pairam sobre nós e eu finjo nem perceber. E o Alê? Ah, todo menino é muito mais bobo do que menina em história de gente. Eles caem direitinho. Se o Alê acha que eu estava dando mole pra ele, eu não sei, mas sei que cai direitinho e é perfeito para o meu plano. Todos acham que está rolando um clima entre a gente, inclusive o Cacá.

E eu aproveito para deixar o Cacá ainda mais tonto porque, quando ele acha que pode esquecer a minha presença, eu dou um jeitinho de me dirigir a ele e falar qualquer bobagem. Na mesa, todos contam histórias, mas ninguém tem uma melhor do que a minha, com a minha família maluca e a minha capacidade incrível de deixar tudo mais interessante, vinda provavelmente da genética de quem tem pais jornalistas.

Todos ficam alucinados porque eu conheço artistas, frequento *sets* de cinema desde os 3 anos com a minha mãe, e meu pai assina matérias que mudam a história do país. Mesmo assim, eu dou a mínima para isso. Sou apenas uma garota que gosta de andar de lancha com meus pais nos fins de semana, viajar nas férias com meu irmão e toda a renca de primos, e que não consegue tirar da cabeça um menino vindo de Edimburgo.

Cacá também tem uma história diferente, mas não a capacidade de contá-la com o mesmo brilho que eu, portanto o fato de vir de outro país passa batido na mesa. O máximo que ele consegue é passar o tempo todo tentando disfarçar que não tira o olho de mim e que está alucinado com o meu jeito de viver. Ainda dentro da minha tática de conquista, finjo não perceber nada disso e continuo sentada ao lado do Alê. Meu querido amigo Alê que me perdoe, mas serve de isca perfeita para meu peixe, que estava quase escapando.

Mas o almoço não pode durar muito, mesmo que a nossa vontade seja a de passar a tarde toda no shopping. No dia seguinte, teremos prova de Geografia e a quantidade de matéria para estudar é de tirar o fôlego. Lembro a ameaça de meu pai sobre me tirar o celular e isso me dá ânimo para pular da mesa e me despedir rapidinho. Eu já estou levantando quando o Cacá, ainda meio tímido, me pega pelo braço e pergunta se pode ir comigo, já que moramos na mesma direção.

Não acredito que estou ouvindo isso. Minha respiração trava, a vontade é de responder: "Lógico, lógico que pode, eu vou adorar". Mas logo lembro que não posso colocar tudo a perder no meu plano, contenho minha emoção e faço uma cara de tudo bem, tipo tanto faz e tanto fez.

– Legal. Se vai pra lá, aproveitamos e vamos juntos. – Ufa, meu coração está disparado e eu nem posso olhar para trás para ver com satisfação a cara da Alice, que deve estar pistola comigo. Com certeza, ela está me fuzilando com o olhar e eu gosto disso. O primeiro *round* é meu.

Realmente, Cacá é desengonçado na arte da conquista. Não leva muito jeito, não. Parece que está sempre esperando a menina tomar a iniciativa. Mas, desta vez, deixo ele tomar a frente e puxar a conversa. As primeiras tentativas são aquelas coisas bobas do tipo "e aí, está tirando de letra as provas?" ou "puxa, hoje quase perdi a hora", mas em dois minutos vou dando um jeito de deixar a conversa mais interessante e pergunto coisas como: o que ele faz quando não está na escola, se tem muita diferença entre morar em Edimburgo e em São Paulo e, quando vemos, ele está me contando sobre sua família. Sua tradicional e careta família, justamente o oposto do que ele imagina ser a minha.

Só que, na verdade, não é bem assim. Meus pais também são caretas e me perturbam com suas regras. Meu pai viaja, escreve, foi casado duas vezes e tem o meu irmão, filho de outra mulher, que não é minha mãe. Mas, no fundo, ele é um pai igual aos outros: adora ficar na frente da TV mudando de canal sem parar, tem manias (como todos os interruptores da casa terem que estar virados para o mesmo lado quando apagamos as luzes), morre de ciúmes de mim enquanto acha que meu irmão pode tudo, e, quando viajamos, na hora de voltar, enlouquece a todos se não estivermos pelo menos quatro horas antes no aeroporto.

Minha mãe também é igual às outras. Todo mundo acha que ela é loucona, liberal, já casou três vezes... Mas, em casa, ela pega pesado comigo. Tem mania de limpeza, dez da noite dá toque de recolher porque temos que acordar cedo, pega no meu pé todos os dias pra eu estudar e ai de mim se trago nota baixa. E, em casa, não tem essa de que tudo é permitido, não. Talvez, o que temos seja apenas uma forma diferente de lidar com os assuntos. Drogas, por exemplo, em vez do discurso antidrogas, minha mãe levou a mim e minha prima Lau para conhecermos a Cracolândia, no centro de São Paulo. Depois, falou normalmente de sua adolescência, dos amigos que começaram na maconha e até hoje continuam na maconha e dos amigos que começaram na maconha, mas passaram para drogas mais pesadas e terminaram no caixão. Mas o fato é que os que escolheram a droga como opção de vida, hoje, vivem bem menos legal do que a gente. Muitos eu conheço porque minha mãe não esquece os amigos que fez na adolescência. Mas poucos terminaram a faculdade, poucos se deram bem na vida e muitos vivem num nível social bem abaixo do nosso.

Quanto aos três casamentos, minha mãe sempre diz: "Casei mesmo, mas é exatamente por isso que digo que não caso mais. Se seu pai quiser se separar de mim, vai ter que entrar na Justiça. E se ele aprontar comigo, não separo dele. Coloco ele pra fora de casa, infernizo a vida dele, mas continuo casada. Já não tenho mais idade pra começar tudo de novo. E outra coisa, esse negócio de mudar de casamento é só mudar o problema, porque os homens são sempre iguais. Mas não é porque eu casei três vezes que acho certo. Eu casei querendo que fosse para sempre, e aí não dava certo e eu separava pensando que da próxima vez seria diferente. Enfim, encontrei seu pai, sou apaixonada por ele e é com ele que vou até o fim agora. Só separo no caixão".

# 7. Ganhando um irmão e o primeiro beijo

Quando termino de contar mais uma das pérolas de minha mãe, Cacá está aos risos.

– Sua mãe é uma figura mesmo. Que mãe diz isso pra filha?

Não sei, mas a minha diz e não é escondido do meu pai, não, é na frente dele mesmo. Mas, como já falei, meu pai é econômico com palavras, então, em vez de rebater, ele só balança a cabeça com ar de quem comenta: "ela é maluca, deixa ela".

Imagino como deve ter sido para meu irmão se adaptar à minha mãe. Ele é muito parecido com o meu pai, fisicamente e no jeito de ser. Quer dizer, meu pai é viciado compulsivo em celular; meu irmão é apenas viciado em celular, assim como eu e todo o resto do mundo. Tímido até o último fio de cabelo, fala baixinho e solta um "rrrrrr" de carioca que a palavra cresce por pelo menos um minuto na boca dele. Pois é, meu irmão é carioca. Ei, sabem que, pensando cá comigo, não tenho certeza se ele nasceu no Rio, mas sei que mora lá há um tempão e, se não nasceu, já virou carioca.

Na minha família tudo tem que ser um pouquinho diferente, e isso não podia deixar de ser. Eu ganhei um irmão aos 6 anos, e não foi ele que veio depois de mim; ele já tinha 16 anos quando eu nasci. Como eu disse, meu pai foi casado com outra pessoa antes da minha mãe, e o engraçado é que eu nunca tive muita curiosidade sobre ela. Acho que só perguntei umas duas vezes: qual era o nome e, ah, a primeira foi ótima. Eu só tinha 6 anos e queria saber como podia ter um irmão se a minha mãe não era a mãe dele. Isso era um pouco complicado na minha cabecinha.

Enfim, eu sabia que tinha um irmão, mas ele nunca vinha à nossa casa, mal aparecia quando a gente ia pro Rio de Janeiro, ou estava sempre de passagem, com uma pressa danada. De repente, aos meus 8 anos e 24 dele, meu irmão começou a se aproximar de mim. Passamos a conversar. Quando ele vinha pra São Paulo, brincava comigo, e adivinhem? Ele é como eu, loooouco por McDonald's. A gente tinha tudo a ver! Cada dia que passava, a cada telefonema ou encontro, eu me apaixonava mais pelo meu irmão. Ele é lindo, disso eu tenho certeza. Não é porque sou irmã dele, não. O Pepê é lindo mesmo! Eu sei, eu vejo a cara das meninas quando ele chega, ouço os comentários quando ele passa. Mas dele eu não tenho ciúmes. Se for com o meu pai, eu arranco os olhos de quem olhar, mas com o Pepê é tranquilo. Ou melhor, o Pepê é tranquilo.

Ele tem uma namorada no Rio. Eu gosto dela, mas é melhor não me apegar muito porque, quando menos a gente espera, eles terminam. Garotos são sempre assim: a gente pensa que estão apaixonados e eles mudam de opinião do nada, de uma hora pra outra. Já aconteceu uma vez, então, por via das dúvidas, eu me previno. Curto a namorada dele, mas não fico imaginando que ela já é da família. A vida é assim!

No ano passado, o Pepê resolveu que vinha morar com a gente em São Paulo. Foi o acontecimento do ano; arrumamos o quarto dele, minha mãe passou três dias feito louca esvaziando os guarda-roupas e mandando roupa pra tudo quanto era lado, porque tínhamos que arrumar espaço para o Pepê colocar as coisas dele. Dessa vez, até meu pai colaborou com a arrumação. No cardápio do dia sempre tinha alguma coisa de que o Pepê gostava, porque minha mãe achou (e determinou) que ele precisava se sentir, realmente, em casa. Mas o que eu mais gostei foi de o Pepê ter sido o único que conseguiu roubar o lugar da minha mãe na sala. Mal sabia ele, coitado, que fazia uns dez anos que minha mãe tinha comprado uma bendita *chaise longue* pra colocar na sala. A tal, que pra mim mais parece uma cadeira de pacientes deitarem em consultório de psicólogo, já foi motivo de tudo: gozação, xingamento, briga. Meu pai diz que é um trambolho; eu acho esquisita, mas confesso que adoro deitar ali. Que coisa mais confortável! Enfim, qualquer um diga o que disser, não importa, a *chaise longue* não sai da sala. Já mudou de cor, de desenho, de tecido, de lugar, mas não sai dali. E o pior: ninguém pode deitar se minha mãe estiver por perto porque, segundo ela, é o seu lugar de assistir aos filmes de que gosta no telão da sala. Quer dizer, ninguém podia deitar. Isso mudou no dia em que o Pepê chegou. Lembro direitinho: estávamos todos na sala assistindo à TV, menos a minha mãe, que ainda não tinha chegado do trabalho. Pepê ali, lindo e soltinho, esparramado na *chaise longue* da minha mãe. E eu e meu pai mudinhos, sem a mínima coragem de dizer para o Pepê sair dali, porque a fera ia chegar. De repente, minha mãe entrou pela porta toda esfuziante, dando boa-noite. Pois, quando deu de cara com o Pepê esticado na sua cadeira, parou. Parou sem falar nada e ficou parecendo uma estátua por uns três segundos, só olhando e engolindo em seco. Pensei: *ih, tiltou!!!*

E aí aconteceu o impensável: minha mãe recuou, lançou um sorriso bem amarelo para todos nós e virou as costas, dizendo: "Vou tomar um banho". Quis morrer de dar risada, mas fiquei quietinha, vai que sobrasse pra mim. E assim os dias iam passando, o Pepê amansando minha mãe, demarcando espaço na casa, e eu e meu pai ali, só observando.

Aí, sim, eu tinha ganhado um irmão de verdade. Ele me ensinava a andar de skate, fugíamos do jantar pra comer hambúrguer e, nos fins de semana que ele não voltava para o Rio, sempre tínhamos um programa juntos. E os joguinhos no celular? Esquecíamos da hora trancados no quarto dele, disputando os games. Quando meus pais chegavam tarde do trabalho, ele deitava na cama comigo, no meu quarto, e a gente dormia junto. Ele me pegava na escola todos os dias. Eu estava no céu! Ninguém tinha um irmão melhor do que o meu.

Mas aí aconteceu a desgraça: meu irmão resolveu ir embora, voltar para o Rio de Janeiro. Meu mundo caiu; meu irmão ia me abandonar e eu só tinha ganhado um irmão aos 8 anos. Eu tinha perdido todo esse tempo da minha vida sem um irmão. Como ele podia fazer isso comigo? Como podia me deixar assim? Era muita perda grande em tão pouco tempo. Eu já tinha perdido minha avó, tinha perdido minha tia havia seis meses, as duas para o câncer, e agora perdia meu irmão para o enjoo, enjoo de São Paulo.

Foi uma noite inteira chorando no dia em ele que arrumou as malas para ir embora. Foi uma noite inteira de promessas. Promessas dele de que iria me ligar todos os dias, de que viria me ver todos os meses, de que jamais me esqueceria. E assim meu irmão foi embora, mas foi embora só de cidade, porque, pelo menos por enquanto, está seguindo suas promessas à risca.

E é tanta história pra contar que, quando me dou conta, eu e Cacá já estamos na esquina da minha casa. Eu só não entendo por que aquele olhar de deslumbre a cada coisa boba que eu contava. Afinal, todo mundo tem família, e toda família tem suas maluquices. Me dou conta de que só eu falei. Nossa, ele vai me achar uma matraca, um papagaio desenfreado, sem ponto nem vírgula. E é nesse embalo de arrependimento que solto, sem mais nem menos, meio que rindo:

– E você? Você não fala nada? Eu também quero saber alguma coisa da sua vida, da sua família. Se eu falar mais um pouco de mim, já dá um livro.

É aí que eu me dou conta de que o Cacá também é econômico com palavras. O negócio dele é robótica e quem gosta de robótica certamente não gosta de comunicação, eu acho.

Meu menino de Edimburgo está aqui, na minha frente, sozinho comigo, a um passo de me deixar em casa, e com uma dificuldade enorme de puxar assunto. É inacreditável. Apesar de tentar parecer muito natural, eu estou explodindo de ansiedade. Minha mente não para de perguntar: "Por que ele não desencanta e não chega logo? Será que vai dizer que gosta de mim? Será que vai chegar mais perto? No que será que ele está pensando? Meu Deus, o que eu faço?" Agora, quem está tiltando sou eu.

Mesmo na paranoia, faço um esforço danado e continuo com minha cara de paisagem, enquanto Cacá começa a se soltar um pouco mais e, milagre, passa a falar da sua família. E não precisa muito não para eu entender por que ele não se anima muito a falar da sua casa. Sua família parece bem careta, pra não dizer "chata". Seu pai é alguma coisa importante no Consulado brasileiro; ele não entra muito em detalhes, mas talvez seja o cônsul ou, quem sabe, algo parecido. Sua mãe é dona de casa "madame", daquelas bem típicas mesmo; cheia da grana, não faz nada, tem mil empregadas, motorista e, por isso, é cheia de tempo pra ficar patrulhando a vida dos filhos. O pior: é exatamente o tipo de mãe que se preocupa com o que os outros vão dizer, o que fulana vai pensar, o que sicrano tem, e assim por diante.

Descubro que Cacá tem mais dois irmãos e que ambos cursam Direito. Nossa, vai ser uma família de advogados. Com exceção de Cacá, que deve ser a ovelha negra da família.

Enquanto seus irmãos são os primeiros da turma, falam quatro línguas e namoram firme há mais de dois anos, Cacá gosta de robótica, não namora ninguém, mal fala inglês e está longe de ser o primeiro da turma. Algo bem estudante mediano. Assim como eu. Ai meu Deus, temos mais alguma coisa em comum.

Não precisamos sair por aí dando uma de os premiados da escola, as esperanças da diretora do colégio com nossos nomes no painel de fim de ano e nossas fotos entre as dos melhores alunos, aprovados nas melhores faculdades.

A gente quer apenas é ser feliz, ser livre e curtir a vida, como deve ser na nossa idade. Afinal, o mundo está aqui se abrindo para a gente, cheio de novidades, de emoções e de sensações pra gente descobrir.

Nós rimos muito enquanto Cacá conta as peripécias de sua mãe para estar sempre presente na sua vida. Animadora de torcida nos jogos de futebol da escola – é isso mesmo –, ela conseguiu levar o zelador do prédio em que moravam e uns amigos dele do boteco, munidos de bumbo e tamborim, pra gritar o nome do Cacá durante a final do campeonato estudantil de futebol. Todos regidos por ela, a primeira da fila na arquibancada, levantando um cartaz escrito à mão, em cartolina: "Vai, Cacá, tamo junto!".

É lógico que o cartaz também tinha sido escrito pelo zelador; afinal de contas, a mãe de Cacá jamais teria tanta criatividade pra descer do salto alto e assassinar o português, mesmo que fosse para entrar mais na vibe de um jogo de futebol. E quem queria assassinar a mãe era ele. De tanta vergonha.

– Eu ouvi meu nome e achei que não podia ser verdade. Devia ser outro Cacá. Quem iria gritar meu nome ali, no campo lotado? Quando eu vi minha mãe, não acreditei. Nossa, morri de vergonha. E quem era aquele pessoal com ela? Daquela vez, minha mãe realmente se superou.

E é no meio de tantas risadas que o Cacá pega na minha mão. Ele me toca como quem não quer nada e para. Para de falar, de rir, só não para de me olhar. Eu engulo em seco e respiro fundo, tentando encará-lo também. A esta altura, já estamos com os rostos bem próximos um do outro, tão próximos que eu posso sentir a respiração dele no meu. Ele tem a boca linda. Será que ele acha a mesma coisa da minha? E eu nunca beijei alguém na boca. É o meu primeiro beijo. Meu Deus, e tinha que ser com ele? Vai que ele não goste, vai que eu não beije bem, que eu dê algum fora e ele perceba que é o primeiro beijo da minha vida. Começo a me desesperar, respiro mais fundo ainda e tento me tranquilizar. *Calma, é só fazer o que ele fizer. Se ele abrir bem a boca, eu abro também. Se ele colocar bem a língua, eu coloco também. Tudo bem, Juju, não vai ser nada de mais. É só ser eu mesma, é só fazer do jeito que eu gostar e, tudo bem, vai dar tudo certo. Calma.* E assim eu vou falando comigo mesma enquanto ele chega bem pertinho.

Ficamos boca com boca, olho com olho. Suas mãos seguram as minhas ainda mais forte. E os nossos lábios vão se encaixando suavemente, enquanto a língua dele procura pela minha, sem a mínima pressa. Que sensação boa! Eu já não penso em mais nada, apenas sinto. Vou me soltando, nossas línguas se movimentam como em uma dança. Os lábios de Cacá são carnudos, assim como os meus, e eu descubro que isso é bom demais.

Me perco nos minutos em que ficamos ali, nos beijando, mas devem ser pelo menos uns bons e demorados cinco minutos.

Perco a noção de tudo, inclusive do perigo de cruzar com algum vizinho ou, pior, com o meu pai, que vive dando umas voltas pelas redondezas quando não está trabalhando. Nada disso importa. Eu quero apenas que este momento não termine nunca.

E quando paramos de nos beijar vem a dúvida seguinte. O que falar agora? Como agir? O que perguntar, ou não perguntar nada? Opto por não perguntar nada. Ele também não. Apenas nos olhamos, nos despedimos, e cada um vira para um lado ainda com o gosto do beijo na boca. Mas, três passos depois, Cacá se vira e me pega de surpresa:

– Foi bom! – diz ele, abrindo um sorriso e se virando novamente.

– Também achei! – respondo no susto. E, da mesma forma que ele, continuo andando em direção ao meu prédio. Aqui acaba o conto de fadas do meu primeiro beijo, mas as emoções continuam. Eu estou em êxtase, sonhando acordada, com o coração a mil e ainda mais apaixonado. O meu menino de Edimburgo é perfeito!

# 8. Os "primeiros"

O meu primeiro beijo foi muito mais marcante do que o meu primeiro sutiã, ou a minha primeira menstruação. Mas, de uma certa forma, todos estes "primeiros" deixam alguma coisa para sempre. São lembranças fortes que se tornam marcos na nossa vida.

Ainda me lembro do primeiro sutiã. Cheguei para minha mãe, um dia desses, e falei: "Mãe, olha só, não está mais dando pra ficar sem sutiã. Está marcando muito. Os meninos ficam olhando e eu fico com vergonha". Não é preciso dizer que minha mãe foi mais rápida do que eu poderia imaginar. Falei isso pela manhã e, no café da tarde, na volta da escola, lá estava na minha cama uma sacolinha pequena, de uma marca conhecida, com um bilhetinho: "Juju, você não nasceu para passar vergonha na vida. Você nasceu para ser feliz!".

Bilhetinho lindo. Coisas de minha mãe. Quando abri, ali estava meu primeiro sutiã. Branquinho. Macio. Parecia um top. Experimentei na hora e, logo que coloquei, me senti diferente. Era como se algo tivesse mudado dentro de mim. Eu estava mais velha. Eu estava mais adulta. Afinal, eu estava de sutiã, assim como todas as meninas mais velhas da minha escola, aquelas que já tinham bunda arrebitada, cintura mais fina e seios muito maiores do que os meus.

Coloquei o sutiã e não queria tirar mais. Dormi de sutiã naquela noite. Fui para a escola de sutiã, continuei com ele em casa e queria ir com ele pra qualquer outro lugar que precisasse, mesmo que a roupa não marcasse, mesmo que ninguém percebesse. Era o meu primeiro sutiã. E tem um anúncio lá do tempo da minha mãe que já diz: "O primeiro sutiã a gente nunca esquece!".

A gente não esquece, mas desiste. Às vezes, até odeia. E foi assim comigo também. Com o passar do tempo, percebi que o sutiã mais me incomodava do que agradava. Então, descobri as camisetas folgadas, perfeitas para quem não tem seios, apenas os bicos. Não é sempre que dá. Às vezes, o modelito pede algo mais justo, ou as camisetas são finas ou claras demais. Então, lá vem meu amigo sutiã. Mas confesso que prefiro mesmo é ficar livre dele, sem nada me apertando. Um dia sei que terei que tomar jeito e aderir de vez ao sutiã, mas, enquanto meus seios não crescem pra valer e consigo dar uma escapada dele, vou aproveitando. Pensando bem, essa é uma das duas grandes vantagens de ter os seios pequenos.

A minha primeira menstruação foi aos 12 anos. Não fiquei assustada porque minha mãe já falava muito naturalmente comigo sobre isso. A minha professora também tinha explicado na sala de aula. Em casa, no banheiro da minha mãe, sempre havia pacotes de absorventes. Ela dizia: "Eu não menstruo, eu deságuo. Portanto, filha, se você puxar a mim, se prepare, porque serão oito dias sangrando feito condenada. É tanto sangue que parece hemorragia, mas nada de susto. Não dói nada, pode dar uma cólica chata, coisa de mulher. Só é um saco porque suja tudo, mas tenha esperança, porque as outras mulheres da família são totalmente diferentes. Mal sujam o absorvente. Então, você tem uma chance grande de se dar bem".

Era sempre assim. Minha mãe falava com tanta naturalidade que nada parecia fora do normal. E eu já sabia: se acordasse de uma hora para outra, no meio da noite, com a calcinha e o lençol sujos de sangue, era apenas coisa de mulher.

E assim foi. Minha mãe só não tinha dito que as cólicas podem ser bem piores do que a gente imagina. Mas eu ainda não tive nenhuma, só minha amiga Brena. Ela teve que ir embora da escola dia desses. Se contorceu tanto de dor, revirou tanto os olhos, que pensei que fosse desmaiar. Na enfermaria, deram um remédio para ela, mas, mesmo assim, a dor não passou. As aulas terminaram foi com uma dispensa pra coitada, com todas as meninas da sala torcendo: tomara que cólica seja apenas coisa da Brena e não coisa de mulher.

# 9. Coisas de menina

Enfim, misturando tudo na mesma panela, chegamos à conclusão de que sutiã, menstruação e meninos, definitivamente, são coisas de menina. Assim, voltando ao meu príncipe encantado, eu estou tão esfuziante que não consigo parar de falar. Entro em casa pulando e dando boa-tarde pras paredes, numa felicidade tão grande que até as nossas funcionárias percebem.

– Menina, o que aconteceu? Até parece que viu um passarinho verde – comenta a Odete, nossa faxineira.

A minha vontade é a de sair dando beijinhos nas bochechas das duas, pegá-las pelos braços e dançar corredor adentro. Mas tudo o que faço é me trancar no quarto, colocar Ed Sheeran no celular (óbvio que tem que ser ele, né?) e ligar rapidinho para minha melhor amiga, a prima Lau.

Lau é quatro anos mais velha do que eu. Sempre fomos "unha e carne". As melhores e maiores amigas. Dupla perfeita. Desde que me conheço por gente, Lau está presente na minha vida. Todas as nossas histórias são juntas: na minha casa, na casa dela e nas diferentes casas em que já moramos durante as viagens de trabalho dos meus pais. Sempre, sempre, ela estava lá, ao meu lado. Férias, feriados e fins de semana, então, nem se fala. Tudo era legal porque minha prima mais legal estava comigo. Os nossos segredos eram divididos baixinhos, a gente dormia na mesma cama quando estávamos juntas, tomava banho fofocando, comia no mesmo horário e enfrentava o mundo, se fosse preciso, para defender uma a outra. Não havia uma única foto de viagem em que a gente não estivesse juntas. Ah, nem meus pais, nem os pais dela ousavam pensar em algum programa em que as duas não estivessem.

Se eu tinha dúvida de que roupa usar, ligava pra Lau; se ela conhecia alguém legal, ligava pra mim; se eu não entendia o exercício de Matemática, pedia socorro pra Lau; se ela surtava com os pais, desabafava comigo. E assim era em tudo, o tempo todo.

Mas, um dia, a Lau cresceu. Virou adolescente e eu ainda era só uma criança. De repente, nossos interesses, antes tão parecidos, ficaram totalmente diferentes. A Lau preferia ficar sozinha e me deixar sozinha também. Se estávamos na praia, ela ficava trancada no apartamento. Se eu a convidava pra ver TV, ela preferia o celular e seus amigos adolescentes. Se eu queria brincar, ela se recusava. Nada mais combinava, nada mais era legal. No início, senti uma raiva tão grande que passei a odiar os adolescentes, depois, senti uma tristeza tão grande que passei a evitar a Lau.

Já não me interessava mais dividir os nossos segredos; a Lau tinha me abandonado. Agora, ela amava passar os dias e noites com as amiguinhas *aborrescentes* da escola e nem sequer lembrava de mim. Me sentia esquecida. Esquecida pela pessoa que eu mais idolatrava na face da Terra. Assim, nossa amizade esfriou. Já não viajávamos mais juntas. Não saíamos mais juntas. Não dormíamos mais na mesma cama, nem dividíamos o mesmo chuveiro. Eu queria nunca mais acreditar em outra pessoa. É muito difícil ser traída, descartada, ser apenas esquecida. Assim, mal sabia eu que também estava entrando na minha adolescência, com os hormônios a mil e alguma coisa esquisita dentro de mim, que me fazia oscilar em segundos entre a tristeza e a alegria, o bem e o mal.

Só que, um dia, eu comecei a olhar as novas alegrias da Lau de uma outra forma. Comecei a compreender melhor seus novos interesses. Eu parecia estar repetindo de alguma maneira a sua história. E, aos poucos, a Lau voltou a me procurar. Eu voltei a procurar a Lau.

Do nada, ela me ligou para contar sobre seu primeiro NR. Na noite da festa de despedida, Lau pegou três meninos completamente diferentes. Um loiro e dois morenos. Dois altos e um mais baixo. Dois mais velhos e outro da mesma idade dela. Mas com um problema: todos se conheciam e ela estava na maior piração com a ideia de eles acabarem descobrindo.

"A noite foi top, Ju. O problema é que arranjei três crushes ao mesmo tempo e agora estou toda enrolada." A confissão da Lau me surpreendeu ainda mais porque ela tinha desaparecido da minha vida e, de repente, me vinha com aquela, contando um segredo assim, tão secreto.

Ficamos no telefone por mais de uma hora; ela me falando detalhe por detalhe, como cada um beijava, onde tinha acontecido cada beijo, qual deles beijava melhor... E assim, sem precisarmos explicar nem cobrar nada uma da outra, selamos o retorno da nossa amizade, da nossa cumplicidade.

Agora, quem precisa correr pra ela sou eu, pois vou explodir se não contar imediatamente pra alguém o que acabou de acontecer comigo – o meu primeiro beijo.

*Lauuuuu, me atende, me atende, prima. Não quero escrever, não. Tenho que falar mesmo e agora. Por favor, atende.* Eu cruzo os dedos, falo baixinho e mordo os lábios de nervoso. Até que enfim a Lau atende.

– Priiiiima, você não vai acreditar. O Cacá, o menino de Edimburgo que te falei, aquele de que eu já estava desistindo porque achei que estava dando bola pra Alice, lembra? Lembra dele? Pois é. Hoje a minha turma foi almoçar no shopping, e ele foi junto. Ficou lá o tempo todo com a Alice grudada nele, mas, na hora de ir embora, do nada, ele pediu para me acompanhar até em casa e eu deixei. É lógico que eu ia deixar, né? Mas, então, menina, ai meu Deus, Lau, ele me beijou. Ele me deu o primeiro beijo da minha vida e foi tão maravilhoso, tão especial. Ai, eu não queria que acabasse nunca, eu estou tão apaixonada por ele e agora me ferrei. Estou desesperada porque não sei se ele vai me procurar de novo, se ele também gostou. Como é que vai ser? O que eu faço, prima?

Do outro lado da linha, calmamente, minha prima Lau me dá um banho de água fria.

— Ju, desculpa a sinceridade, mas não vai rolar. Acho que ele não vai é fazer nada. Se tem tanta garota dando em cima dele, esquece, baixa a bola, fica menos empolgada, porque esse cara vai é sumir. Já viu "menino sucesso" se apaixonar por uma só? Peraí, a gente vai pensar com calma e bolar um jeito de você inverter esse jogo. Se você tem alguma chance, é só invertendo as posições. Quem tem que tentar te conquistar é ele, ou, pelo menos, pensar que precisa te conquistar, né? — trama minha prima, enquanto eu tento assimilar direitinho tudo o que ela me diz.

No fundo, eu concordo, eu sei que ela está certa. Começo a pensar que o Cacá só me beijou porque me viu com o Alê e pensou que eu estava desistindo dele. Ele só não queria perder uma das meninas do seu fã-clube.

Se por um lado fico murcha como pétala caída no chão, por outro, não perco tempo e passo a matutar com minha prima como podemos virar o jogo e eu continuar comandando as peças. Se o Cacá pensa que me ganhou e que eu estou nas mãos deles, ah, ele está muito enganado. Eu não estou disposta a perder e, quando enfio uma coisa na cabeça, esquece, meu amigo; sou pior do que piolho de cobra, só solto do que eu quero quando não tem mais jeito nem maneira, no mundo, de dar certo.

Lau me explica direitinho como todos os meninos são iguais. Se num ponto de vista isso é negativo, do tipo "todos só querem se aproveitar das meninas, nenhum quer se apaixonar, eles preferem sempre as mais perversas", sob outra visão, isso facilita um pouco para nós, as meninas não perversas, mas, sim, espertas. Se todos são iguais, basta a gente descobrir uma fórmula e aplicar a eles. Se sabemos como vão agir ou reagir, nós sabemos como atacar.

É hora de colocar o plano em prática, ou melhor, de continuar com o plano que eu já iniciei: fingir que não estou nem aí e deixar o menino com a pulga atrás da orelha. Será que ela gostou? Será que ela quer que eu ligue? Será que, se eu estalar os dedos, ela vem atrás?

## 10. E tudo continua

No dia seguinte, é a mesma coisa. Eu chego, o Cacá chega, nos encontramos nos armários da escola. Ele me dá um tchauzinho de longe, eu respondo com um sorriso simples, pego os livros de que preciso e vou saindo.

– Oi, tudo bem? – cutuca ele.

– Tudo – respondo.

– Estou um pouco atrasado.

– Como sempre, né, Cacá? Bem, vou entrando na sala antes que a atrasada seja eu. Época de prova é melhor a gente não marcar bobeira. Tchau!

– Pode pá. Tchau!

Se não fosse a Lau, a esta altura, eu estaria querendo me enforcar ou pelo menos correr para o banheiro e chorar escondida na privada até meus olhos secarem. O Cacá agiu como se nada tivesse acontecido e fôssemos apenas os bons amigos de todos os outros dias. Mas, como eu já estava preparada, apenas vou para minha sala pensando: *meninos! É, realmente, são todos iguais.* Pena que a gente goste tanto deles.

Já estou entrando quando meu amigo Sandro vem correndo atrás de mim aos berros.

– Credo, Sandro, pensei que tinha alguém morrendo. Pra que tanto escândalo?

Ele parece uma borboleta cortando os ares do corredor; além de berrar, saltita e abana os braços para chamar a atenção. Nossa, o Sandro está ficando cada vez mais assumido. Eu só não entendo o que ele faz com o pai, homofóbico até as tampas. A minha turma é assim, tem de tudo. Dos tipos mais esquisitos aos mais legais. Todos na adolescência e bem inconstantes. Inclusive, eu. Sandro é o garoto que gosta de garotos. Ele não se abre com ninguém, mas comigo e na minha casa fica muito à vontade. Entre todos, é de quem eu mais gosto. Pelo menos, Sandro é autêntico e faz exatamente aquilo que gosta, do jeito que gosta, sem se importar com o que as pessoas dizem. Mesmo quando estamos entre as meninas, ninguém consegue chamar tanto a atenção quanto ele. O Sandro fala mais alto, ri mais espalhafatoso e rebola mais do que todas. Adora andar de braços dados comigo e, quando chega na minha casa, não pode ver a minha mãe que já se sente à vontade. Outro dia, se enfiou na cozinha ao lado da minha mãe pra fazer bolo de cenoura. Os dois falavam tanto, mas tanto, que era uma competição dura. Impossível saber quem tagarelava mais. E eles gargalhavam alto. Colocaram o rock 'n' roll que minha mãe ama no último (a caixinha de som do meu pai parecia que ia estourar) e começaram a dançar feito loucos na cozinha. O bolo nem saiu essas coisas, mas foi engraçado ver meu amigo adolescente se divertindo tanto com a coroa da minha mãe.

O Sandro também adora minha tia, Helena, irmã da minha mãe. Aquela, sim, é destrambelhada de vez. Juro: minha tia realmente deve ter uns pinos a menos. Mas que é engraçada, é. Quando toma umas cervejinhas, então, ninguém aguenta. A boca chega a doer de tanto que a gente ri.

 Outro dia, estava indo com meus pais para Ubatuba, numa sexta-feira, à uma hora da manhã, descendo aquela serra danada de ruim, e minha tia ligou. Meu pai atendeu no viva-voz. Ela, que já tinha tomado todas com o meu tio, seu irmão, começou a falar em inglês com meu pai. O detalhe: nenhum dos dois sabe falar nada nessa língua, nem ao menos "*how are you?*".

 Era uma mistureba de português, inglês, espanhol, risada pra tudo quanto é lado e, o mais incrível, um entendia o que o outro queria dizer. Fomos assim pela serra toda. Meu pai achando que já estava treinando para o intercâmbio, e minha tia achando que estava chamando a gente pra continuar bebendo madrugada afora na casa de praia do meu tio.

 Divertida e no mundo da lua. Assim defino a minha tia. Nunca vi ninguém mais desligada do que ela. Ruim de cozinha, ela nem se arrisca a passar perto. A última vez que tentou pilotar o fogão, conseguiu queimar três vezes seguidas as assadeiras de mini-hambúrgueres e esfirras que colocou no forno. Exatamente assim: colocou uma assadeira e queimou; colocou a segunda e queimou; colocou a terceira e torrou. Uma em seguida da outra. Então, suas conversas com o Sandro acontecem mesmo é na sala.

Ela mal entra em casa e já pergunta por ele: "Ai, adoro aquele seu amigo. Que belezinha, ele é tão simpático, tão alegre, sempre tão educado". Na verdade, o que minha tia gosta mesmo é que o Sandro dá uma atenção danada pra ela. Também, dois malucos juntos se entendem, né?

Ah, na minha turma também tem o Roberto. O verdadeiro chato. Apesar de ser da turma, ou de se fazer da turma, todo mundo foge dele. Agressivo, pegajoso e com umas conversas nada a ver, o Roberto insiste em aparecer em todos os lugares que estamos, mesmo quando não é convidado.

Os meninos o chamam de o "rolador". Outro dia, não aguentei a curiosidade e perguntei por quê. A resposta é muito simples: porque, por onde passa, arranja um rolo. Não é que já teve até briga de pais por causa dele? Um saiu no braço com outro porque o Roberto tinha arranjado uma discussão danada, só pelo fato de um dos meninos não querer ir ao futebol, que acontece toda quarta à noite na casa do Osvaldo, outro amigo da nossa turma.

Mas as esquisitices não acontecem só entre os meninos. Também tem a ala das meninas. A Maria Flávia é doida de pedra. Vive mentindo que viaja pra tudo quanto é lado com a sua mãe, diz que já pegou não sei quantos meninos e que vai fazer faculdade nos Estados Unidos. Mente tanto que acredita na própria mentira.

A Clara pesava oito quilos a mais do que seu peso ideal, mas sua mãe infernizou tanto sua vida que agora está um palito. Tinha os cabelos cacheados, mas sua mãe infernizou tanto sua vida que, desde os 11 anos, usa chapinha e faz progressiva. No ano passado, foi dormir na casa da Marina, nossa amiga, mas, assim que chegou, olhou para a mãe dela e logo soltou: "Nossa, tia, que pijama horroroso! Minha mãe sempre diz que uma mulher tem que escolher o pijama como escolhe a roupa que vai trabalhar".

Não contente com o fora do pijama, engatou na manhã seguinte: "Tia, você devia usar maquiagem quando acorda, assim disfarça um pouco essa sua cara de cansada". Essa é a Clara, uma amiga que tinha como ídola outra amiga nossa, a Valquíria.

Mas a Valquíria não estuda mais na nossa escola. E, por pouco, a Clara também não, já que ficou tão doida com a saída da Val que queria ir junto. Era tanta vontade de ser igual que parecia doença, um negócio esquisito demais. A Clara queria se vestir igual à Valquíria, queria falar igual, morar no mesmo prédio, estudar na mesma escola e parecia uma leoa de tão ciumenta quando outra menina se aproximava da Val.

Mas, como meninas são fogo e bem sacanas, só pra provocar, sempre tinha uma andando abraçada com a Val pela escola ou contando que tinha passado o fim de semana com ela. Clara ficava tão fula que chegava a chorar enquanto as outras, alcançando o objetivo da provocação, riam da sua cara.

Na sala ao lado, a turma é bem dividida entre meninos e meninas. Os meninos são legais, mas as meninas, aff, todas patricinhas engomadas até o último fio de cabelo. Acho o papo delas um saco. Só falam mal umas das outras, de beijo na boca, de como fulana está mal-arrumada e como não sei quem está com o cabelo horrível. Ou perdem uma infinidade de tempo zoando as meninas gordinhas ou que usam óculos. Elas são mesmo um saco. Sendo assim, prefiro mil vezes minha turma eclética, sem gênero, e onde todo mundo é aceito numa boa. Basta entrar que sempre há lugar para mais um.

# 11. O rolê

Ih, acabei me esquecendo do Sandro. Bem, ele vem, como falei, correndo, esvoaçante, pelo corredor. E todo esse carnaval é apenas para me avisar de que, na sexta à noite, vai ter um rolê na casa da Marina. Faz questão de deixar claro que ela está convidando todo mundo.

– Todo mundo mesmo, fofa! – fala dando uma piscadinha, como querendo me provocar. Afinal, pra bom entendedor, meia palavra basta. E o Sandro viu muito bem que o Cacá e eu saímos juntos do almoço no shopping.

Mas eu não dou o braço a torcer e me faço de desentendida. Por dentro, estou adorando a oportunidade de ficar pertinho do Cacá novamente. Por fora, nada parece ter se abalado com a notícia.

– Legal. Tô certa nesse rolê de sexta. Mas agora eu vou é entrar, porque a professora já está chegando. E acho melhor você parar de borboletear por aí e entrar também – digo, puxando o Sandro pelo braço pra dentro da sala.

Ainda faltam dois dias para sexta. Dois longos e eternos dias. A hora parece não passar e, para me deixar ainda mais pra baixo, o Cacá não dá a mínima para mim. Na hora do recreio, está sempre com os meninos ou rodeado pelas meninas; para ser mais precisa, pela Alice. Muito de vez em quando, deixa escapar um olhar meio de lado para mim, mas logo se vira e continua a me ignorar.

Eu também não fico por baixo, finjo nem o ver e, quando por algum motivo nossos olhares se cruzam, eu solto um sorriso de "oi" e faço questão de me virar para o lado contrário. Isso já está se tornando uma guerra em que ninguém sai perdendo. Quer dizer, nas aparências ninguém sai perdendo, porque, por dentro, eu estou me dilacerando de raiva. Chego a cogitar não ir no rolê, mas sei que não aguentaria. Imagina? Todo mundo lá, curtindo, e eu em casa vendo TV ou YouTube no celular. Não, nem pensar!

## 12. Enfim, sexta-feira!

Quando eu menos espero, sexta-feira chega. Acordo numa ansiedade tão grande que minha mãe nem precisou me chamar. Bastou acender a luz e eu já estou com os olhos arregalados. Afinal de contas, chegou o tão esperado dia do rolê na casa da Marina.

Na escola, as meninas estão a mil, mais assanhadas do que barata em ninho de travesseiro velho. O assunto do dia é o tal rolê, quem vai como, o que fazer no cabelo, que roupa vestir e, lógico, quem está de olho em quem. Os planos são mil e as insinuações mais ainda.

Eu já tinha sido metralhada pelas meninas com perguntas sobre o que rolou depois do almoço no shopping. Mas, pra qualquer uma, a resposta era sempre a mesma: "Nada, andamos sem muita conversa até a esquina da minha casa e, de lá, cada um foi para um lado". Eu jamais daria o braço a torcer ao admitir que, depois de meu primeiro beijo, o Cacá havia simplesmente me ignorado, pelo menos no que se refere a ficarmos juntos novamente.

Diferente dos outros dias, Cacá não chega à minha turma durante o recreio. Apenas passa e dá um oi geral. Ele está com os meninos da sala dele numa rodinha lá no fundo do pátio, todos munidos de celular na mão, disputando *Fortnite*.

Antes de voltar para a sala, dou uma passada no banheiro e a Marina vai comigo. Ela é a amiga da escola com quem eu mais me identifico. Nós duas somos as únicas que não ficam falando de meninos o tempo todo, que não disputam para ser as populares do colégio e nunca ficaram com ninguém. Quer dizer, pelo menos até dois dias antes, eu me enquadrava nesse perfil. Pra falar a verdade, acho que continuo me enquadrando, porque um único beijo, ainda mais um primeiro beijo, não significa que eu fiquei com o Cacá, até porque, com certeza, ele nunca se considerou meu ficante.

Eu e a Marina temos outra coisa em comum: a família dela é um tanto fora do convencional, assim como a minha. O pai já se casou quatro vezes, a mãe, duas. O pai já tinha quatro filhos quando a Marina nasceu, um com cada ex-mulher. Casou-se com a mãe da Marina e teve ela e o Marcelo. Todos moram na mesma casa. Uma casa com seis filhos, os pais e ainda o avô da Marina, que ficou viúvo há pouco tempo. Eles moram numa casa grande, de dois andares e bem pertinho da minha. Na ala esquerda, ficam os filhos; na direita, os pais e o avô, que é um ex-ricaço quatrocentão e vive dizendo que jovens e adultos não devem se misturar para que a ordem da casa seja sempre mantida. Não entendo bem o sentido disso, mas acho chique.

A mãe da Marina é delegada, ama malhar e é bem bonita. O pai deve ter sido mais bonito antes de resolver que chegou a hora de aproveitar a vida e não querer fazer mais nada que ache chato. Resultado: rifou a balança da sua frente, engordou, não liga mais pra cortar o cabelo e agora deixou a barba crescer. E olha que, mesmo assim, continua simpático. O avô da Marina, o seu Alírio, é de quem eu mais gosto. Ele anda meio esquecido e, todas as vezes que me vê, troca meu nome. Uma hora me chama de Julieta, outra de Juliene, e tem dia, então, que nem chega perto do meu nome certo, tasca um Fernanda ou algo assim. Mas eu dou risada e atendo sem corrigir. Sei que é comigo mesmo que ele quer falar.

Outro dia, Marina deu um resumo muito engraçado sobre a sua família. A gente estava na cantina. Eu, lamentando uma baita bronca que tinha levado da minha mãe porque esqueci o livro de Geografia na casa do meu avô, em Caçapava, e ela teve que rebolar pra dar um jeito de o meu tio (que vinha para São Paulo) trazer pra mim; e a Marina, ao meu lado, esculhambando todo mundo, dizendo que já não aguentava mais as maluquices de sua casa. "Minha família está de pernas pro ar, Ju. Minha mãe cortou o cabelo que nem de homem, meu pai deixou a barba crescer e, se continuar assim, vai concorrer com o Papai Noel, e meu irmão Marcelo continua o mesmo, nunca bateu bem da cabeça e nem vai bater."

Todos moram na mesma casa. Uma casa com seis filhos, os pais e ainda o avô da Marina, que é viúvo. E não é que a doida da mãe dela tinha coragem de deixar a gente sozinha com o seu Alírio? Ele sempre dormia na frente da televisão e a gente ficava madrugada adentro sozinha naquele "casão". Era uma farra e tanto. O corredor dos quartos é imenso, ótimo pra gente disputar corrida, andar de patins e ver quem vira mais estrela. O problema é que por toda parte tem obra de arte. Virava e mexia, a gente esbarrava em alguma escultura e o troço ia pro chão. Pronto, ali acabava a brincadeira. O melhor era dar um jeito de esconder a parte quebrada, tentar colocar tudo no lugar e correr pro quarto, fingindo que a gente dormia como anjinhos havia milhões de horas. Puxa, era divertido!

Não sei se é mal de toda delegada, mas a mãe da Marina é tão brava que ganhou o apelido de "pitbull". Acho que, em termos de gênio difícil, ela deixa a minha mãe no chinelo. Em compensação, o pai é uma tranquilidade só. Fala baixinho, ri de tudo e sempre acha que está tudo bem. Dessa forma, assim como os meus pais, eles brigam, discutem, ficam sem olhar um para o outro, mas acabam sendo perfeitos como casal. Aquela história de se completar, dar o equilíbrio na balança, sabe como é?

Eles vivem na fazenda da família, basta ser fim de semana, feriado ou algo assim. Sempre que dá, vou junto. Lá, tudo é motivo de festa e, com seis filhos, não precisa de muito para movimentar o evento. Todos levam seus amigos; pelo menos, seus melhores amigos. Na fazenda também tem alas; a ala das crianças é junto à dos jovens, do outro lado tem a ala dos adultos e, mais atrás, tem a ala das visitas. Coisa de família quatrocentona mesmo, porque hoje quem é que pensa em construir um baita casarão com tantas alas? Minha mãe vive dizendo que não existe mais funcionária disponível: "Deus me livre de uma casa tão grande, vai sobrar é pra mim. A gente pode ter até o dinheiro pra pagar, mas ninguém mais quer trabalhar como doméstica. Então, fazer o quê? Eu prefiro é algo mais fácil de dar conta, chega de estresse", vira e mexe solta a minha mãe.

Mas, lá na fazenda, ninguém esquenta com nada, não. Tem funcionária pra tudo quanto é lado. Uma pra cozinhar, outra pra servir, duas pra limpar e assim vai, a perder de vista. Tudo uniformizada e com cara de feliz. Adoro a Cleide. Ela é tão boazinha, tem uma paciência de Jó com a gente. Nunca reclama da nossa bagunça e vive nos dando lanchinho escondido durante a madrugada. Eu sento na cozinha com a Cleide e perco a noção da hora, só ouvindo as histórias de quando ela morava no interior de Pernambuco. Fico com dó. A Cleide conta tanta coisa triste: pra comer, só tinha goma feita de mandioca, e ela dormia em casa de barro com um colchão no chão. Não tinha nem cama. Mas aí seu irmão mais velho veio pra São Paulo e ela veio junto. Na capital, conheceu a avó da Marina e foi trabalhar na casa dela quando ainda tinha 18 anos. Está com a família até hoje. Aliás, ela passou a fazer parte da família. Todo mundo lá tem xodó com a Cleide. Até seu Alírio, que não lembra o nome de ninguém, o dela não esquece.

O mais legal da fazenda é o avião do pai da Marina. Isso mesmo, ele tem um avião. É um aviãozinho daqueles de um motor só, mas até plaina na água. Andou prometendo lá em casa que, da próxima vez, vai de avião pra Ubatuba. Já pensou, o pai e a mãe da Marina pousando de avião lá na praia das Toninhas, bem de frente pra onde a gente tem casa? Seria engraçado, o meu pai e o dela, dois coroões, posando de playboys: um de lancha, outro de avião. A gente ia rir é muito, não ia ter pra ninguém na praia. Com certeza seria um fim de semana diferente; uma hora passeando pelas ilhas cortando o mar, outra vez, olhando de cima o mundo verde da Ilha Anchieta, desbravando os ares no monomotor branco e vermelho apelidado de "Falcão". Como diz a minha mãe: que massa!

## 13. O primeiro porre

Em dia de rolê, não se fala em outra coisa. Depois da escola, continuamos os ti-ti-tis pelo celular. É tanta coisa pra combinar que a turma fica on-line o tempo todo, só na zoeira. Quando fico eufórica, não sei por quê, destrambelho a falar pelos cotovelos e esqueço os pontos e as vírgulas. Ligo até para o meu avô, o que é bem difícil de acontecer. Não que eu não goste, mas meu avô não escuta nada (nem pessoalmente, muito menos pelo telefone), só que a euforia é tanta que nem me importo. Falo com ele, repito a mesma coisa dez vezes, aumento o tom e termino o telefonema quase berrando pra ele escutar. Mas até isso acho engraçado. Eu estou na sexta-feira do bom humor, qualquer coisa me faz rir.

Minha mãe logo percebe tanta euforia e não perde a oportunidade de me cutucar:

– Nossa, quanta alegria! Viu passarinho verde por aí? Pra quem vive de cara feia e com poucas palavras, você está bem-humorada, né? Podia ser sempre assim, está até mais bonita.

Naquela noite, resolvo ousar. Meus cachos, eu não desmancho de jeito maneira, mas, em compensação, me inspiro na minha prima Lau e me armo com enormes cílios postiços, ponho uma maquiagem levinha e assalto o perfume francês da minha mãe. Quando olho no espelho, gosto do que vejo.

Parece que eu sou uns dois anos mais velha, mas o look está bem estiloso. Minha mãe é quem vai me deixar na Marina. Com ela, é sempre de boa, nunca liga de ter que passar na casa de pelo menos umas duas amigas pra dar carona. Na volta, alguma delas sempre vem dormir na minha casa e a gente só consegue cair no sono quando o dia clareia; afinal, em menos tempo do que isso não dá pra fofocar sobre tudo o que aconteceu na *night*.

Eu estou ansiosa demais. A festa vai rolar na garagem do "casão" da Marina, e o pai dela colocou umas luzes bem maneiras pra dar um clima diferente. No canto, lá no fundo, uma mesa comprida serve de apoio pra gente colocar a bebida que cada um leva. Os meninos entram com algumas garrafas de vodca escondidas. Tem Askov de tudo quanto é sabor: frutas vermelhas, maracujá, kiwi...

A única coisa que destoa das vodcas é uma bandeja enorme de sanduichinhos coloridos, que, com certeza, serão a nossa salvação no fim da festa. O batidão do funk já rola solto e muitas almofadas jogadas no chão servem de sofá pra quem não queira dançar. Eita, a noite promete.

Vai chegando todo mundo. Mas a pessoa que eu mais espero não aparece. E quanto mais eu fico ansiosa, mais eu capricho nos goles de vodca, esquecendo os sanduichinhos pra dar uma forrada no estômago. A turma já está toda lá. Toca a campainha e eu corro pra fora com a leva de meninas pra receber o próximo convidado. Vão chegando o Ruivão, o

Marcelo, a Ingrid, a Gabi, o Zebra e nada... nada do meu menino de Edimburgo. As meninas sempre me provocam dizendo que o Ruivão está de olho em mim, mas eu não tenho muita certeza disso. Bem, pelo menos até esta noite. O Ruivão, de ruivo, não tem nada, mas é até bem bonitinho, cheiroso, com o cabelo perfeitamente penteado e com gel no leve topete, que é a sua marca registrada. Onde eu estou, lá estão os olhos do Ruivão me seguindo. Como o Cacá não aparece, resolvo me divertir devolvendo os olhares para meu pretenso novo "crush". É tanto vai e vem de olhar, que o Ruivão não demora a chegar em mim. Ele vem com um copo de vodca na mão, me oferece um gole e senta na almofada ao meu lado.

– Não vai dançar? – me pergunta. Eu respondo que não sou boa de funk e que prefiro ficar só olhando. Como eu estou com a Ingrid e com a Ellen, não demora muito para mais dois meninos se juntarem a nós.

Enquanto a gente conversa, o Ruivão vai chegando cada vez mais perto, assim, como quem não quer nada. E eu, mandando ver no festival de vodcas frutadas, cada hora experimentando um sabor. A certa altura do rolê, não me pergunte como, porque não tenho a mínima ideia, eu estou no meio da pista, dançando o pancadão ao lado do Ruivão.

As luzes e a pista rodam. Rodam na minha cabeça encharcada de vodca. Tudo parece muito alegre e eu simplesmente não consigo parar de rir. E é nessa batida que o Ruivão me puxa e me dá um beijo demorado, bem na frente de todos. A música alta se mistura com o efeito do álcool e, na loucura regada a funk, eu respondo àquele beijo como se fosse a coisa mais comum da minha vida.

Não há a expectativa do primeiro beijo, não há o medo e a insegurança. Não há a curiosidade e muito menos a paixão. O coração não dispara. A respiração não fica ofegante. O corpo não fica quente. Aquele cara não é o meu menino de Edimburgo, nem mexe comigo a ponto de eu me derreter com o seu olhar, o seu toque ou o seu beijo. Mas o Cacá não está ali, e que mal tem eu me divertir um pouco se quem eu amo, ou penso amar, não está nem aí para mim?

Sinto é raiva quando me dou conta de que o Cacá simplesmente não apareceu, mesmo sabendo que eu estaria aqui e estaria esperando por ele. Então, quero me vingar, quero ir à desforra e, por isso, me jogo nesse beijo com o Ruivão.

Se é ele quem me deseja, quem me valoriza, então que seja, vai ser com ele que eu passarei a noite; afinal de contas, o Ruivão também tem um certo ar interessante e aqui, neste instante, eu descubro que ele também beija bem.

Quando nosso beijo termina, a turma toda está à nossa volta, dando berrinhos de "urra!" e zoando com a nossa cena. A gente ri também e ele pega na minha mão, me convidando pra dançar ainda mais. E me surpreende quando, depois de reabastecer nossos copos com vodca, quer continuar abraçado comigo.

Minhas amigas também estão muito loucas e eu só me dou conta de como estou pra lá de Bagdá ao levantar e ir ao banheiro. Depois de um tempo dançando, o Ruivão me puxou para o canto da garagem, onde o resto da turma estava sentado no chão, espalhado pelas almofadas de cetim da mãe da Marina. Lá pelas tantas, a vontade de ir ao banheiro aperta e eu me levanto, chamando a Ingrid para ir comigo. É quando, de repente, tudo dá um giro muito rápido e eu não consigo mais dar um passo em linha reta. Um mal-estar vem súbito e eu tenho que apressar os passos antes que não dê tempo de chegar à privada.

As meninas me ajudam. Ingrid me segura enquanto eu vomito e, depois, a Marina vem correndo com um litro de refrigerante gelado, que eu nem sei de onde apareceu, já que a mesa estava forrada somente de bebida alcoólica. Cada uma dá um palpite, faz isso ou aquilo, mas eu já estou num estado em que a única coisa que pode ajudar é um soro na veia ou uma cama para eu desmaiar.

A esta altura, eu já nem sei mais onde está o Ruivão. Na volta do banheiro, já com a maquiagem borrada e a cara transfigurada pelo excesso de álcool, me jogam nas almofadas esperando minha mãe chegar. Ela combinou que me pegaria meia-noite, e meia-noite em ponto ela estará aqui. Como sempre, eu darei carona para uns amigos; entre eles, o Sandro. Meu fiel companheiro fica ao meu lado o tempo todo, mas até seu jeito de desmunhecar desaparece por causa do medo do que minha mãe fará ao me ver. Ele repete como um mantra tudo o que eu devo fazer assim que ela pintar na porta para nos pegar:

– Não diz nada, olha sempre pra frente, miga. É o seguinte, traça uma reta, diz "oi, mãe!" e vai pro banco de trás, que eu me emboleto no da frente e fico falando feito doido na cabeça dela pra distrair. Quando eu descer, a Ingrid, que vai dormir na sua casa, te arranca do carro e vocês vão direto pro quarto. Qualquer coisa, todo mundo finge que está morrendo de sono e que tá todo mundo dormindo no carro. Nada de escovar os dentes ou fazer xixi, miga, pelo amor de Deus. Segura a onda e deixa pra vomitar só depois que a sua mãe sumir da sua frente, entendeu? Mas entendeu mesmo, entendeu direitinho?

Eu vou ouvindo e tentando me lembrar de tudo o que ele diz. Mas já vomitei as tripas, tomei uns dois litros de Coca, mais dois de água, e tudo continua girando. Penso: *vou morrer aqui, meu Deus!* Mas nem dá tempo para isso. Meia-noite em ponto, minha mãe está na porta, esperando dentro do carro enquanto eu não apareço. As meninas e o Sandro me levantam quase pelo pulso e eu ensaio os passos até chegar ao carro, sem mal conseguir falar. Solto um "oi, mãe!" e logo depois o silêncio reina sem que ninguém, muito menos o Sandro, consiga falar nada. Minha mãe tenta puxar assunto insistentemente, quer saber como foi o rolê, mas eu continuo muda enquanto o Sandro, por mais que tente, não consegue disfarçar o nervosismo.

No banco de trás, o máximo que eu consigo fazer é baixar o vidro, colocar a cabeça pra fora e continuar vomitando. Só ouço um rugido da minha mãe, que me olha pelo retrovisor. Lá vem a bronca fenomenal.

– Ju, você está bêbada! – É a primeira frase cortando o silêncio do carro. Depois, vem um interrogatório sobre o que eu bebi, se foi só bebida, o que eu fiz, como eu agi, blá-blá-blá.

Sim, mãe, eu bebi, e muito. Muita vodca de todos os sabores possíveis e agora me dá arrepio só de lembrar. Dei vexame, estou morrendo de arrependimento e não consigo sequer pensar em como vou olhar para os meninos da turma, ainda mais para o Ruivão, na semana que vem. Eu simplesmente tive um apagão. O que será que aconteceu depois de eu sair do banheiro? Aí vêm os ti-ti-tis das minhas amigas. Cada uma dizia uma coisa e, com certeza, todas ajudavam a aumentar um pouco mais o meu mico.

Confesso que, apesar da bronca, o melhor momento é quando saio do carro amparada pela minha mãe. Acho que, quando ela vê o quanto eu estou arrasada, até muda o seu discurso. Ela é compreensiva, carinhosa e muito, muito eficiente. E isso me desarma. Eu não esperava. Agora, em vez de eu achar que minha mãe é uma chata, careta e que não dá mesmo pra contar com ela, eu estou me sentindo a pior das filhas, com uma vergonha lá no fundo da alma de encará-la e assumir que eu fiz uma baita de uma cagada.

A primeira coisa que minha mãe faz ao entrarmos em casa é me dar um remédio pra cortar o enjoo, depois me leva para o banheiro, me dá um banho de água fria e, como se eu ainda fosse criança, me enxuga delicadamente e penteia os meus cabelos. Foi tão solidária, que praticamente entrou embaixo do chuveiro comigo, fazendo questão de me abraçar enquanto eu tremia de frio. Me ajuda a escovar os dentes e me leva para a cama sem que meu pai veja o que está acontecendo. Deixa uma garrafa de água gelada bem ao meu lado e fica comigo, deitada na minha cama, passando os dedos sobre a minha face de forma macia e ritmada até que eu adormeça (ela faz isso desde que eu era bebê, todas as vezes que eu estou doente ou triste).

– Amanhã, querida, você vai acordar e tudo isso terá passado. E não adianta ficar se martirizando, pense que pelo menos fica mais uma lição pra você aprender. É sempre assim, a gente só aprende errando. Beber é legal, dá barato, anima a noite, mas, se beber errado e exagerar, só o que vai acontecer é que vai perder a noite, vomitar feito louca e fazer coisa da qual certamente vai se envergonhar no dia seguinte. Então, o melhor é aprender a beber, meu amor.

E é com essas palavras ecoando no meu ouvido, bem baixinho, que minha mãe me ensina mais uma na vida. Eu fecho os olhos, pensando: *mais uma pra eu aprender*. Com minha mãe é sempre assim, ela me ensina fazendo tudo parecer muito natural, e eu não consigo nem ficar puta com ela. Minha mãe sempre tem razão.

E é assim que meu "primeiro porre" entra de forma triunfal na lista dos "meus primeiros". Já passei pelo primeiro sutiã, pela primeira menstruação, primeiro beijo e, agora, pelo primeiro vexame alcoólico. Antes de desmaiar de vez, só tenho tempo de resmungar:

– É, o primeiro porre a gente também nunca esquece, mesmo que essa seja a maior vontade da nossa vida.

# 14. A ressaca

O dia seguinte a um porre homérico simplesmente não deveria existir. Quando abro os olhos, penso: *se eu não morri de tanto vomitar, vou morrer hoje quando meu pai me vir saindo do quarto*. Eu tremo só de pensar. Olho do lado e lá está a minha amiga Ingrid, que dormiu em casa. Caramba, eu nem lembrava que ela estava aqui.

– Miga, você está viva? – diz ela, meio que me zoando. – Faz tempo que eu acordei, mas quem disse que eu tive coragem de sair daqui? Tô morrendo de medo de encarar seus pais, o que a gente vai fazer? – continua.

Exatamente neste momento, alguém empurra a porta com cuidado e coloca um pedacinho da cara na fresta, meio que espiando.

– Ah, meninas, já acordaram. Que bom, achei que não fossem levantar hoje. Já vim aqui olhar umas duas vezes, já passou de uma da tarde e daqui a pouco o almoço está na mesa. Então, levantem, escovem os dentes e venham comer, porque saco vazio não para em pé – fala minha mãe, toda bem-humorada, fechando a porta logo em seguida.

Eu e a Ingrid nos olhamos com a maior cara de "ué", sem entender bulhufas; afinal de contas, como a minha mãe pode estar tão boazinha depois da noite infernal que passamos?

Pronto, minha mãe acaba de conquistar mais uma fã. Agora, além do Sandro, a Ingrid também a adora, se derretendo em elogios:

– Caramba, Ju, sua mãe é muito legal. Se fosse a minha, a esta altura, eu estava mortinha da silva, sem contar no tanto que eu ia ouvir pelo resto da minha vida. Puxa, que inveja.

Bem que minha mãe também podia ser jornalista e trabalhar com cinema.

Só penso comigo mesma: *por que as pessoas sempre acham que, na casa dos outros, tudo é mais fácil? Só quero ver quando ela virar as costas. Minha mãe vai virar uma onça.* Mas minha cabeça dói tanto, e a sensação de que meu estômago está em carne viva, ardendo no álcool, me faz desistir de qualquer comentário a mais. Deixo a Ingrid falar tudo o que quer sobre a minha mãe, o meu pai e a minha casa e vou para o banheiro.

A Ingrid, que estava decidida a ir embora antes que o fogo ardesse, muda de ideia e resolve ficar. Sentamos na mesa, ainda desconfiadas do que virá. Meu pai, todo sorridente, pergunta como foi a noite. Nossa reação é de mais "ué" ainda. *Ele não sabe? Minha mãe não contou pra ele?* E não demora muito para a gente ter certeza de que, realmente, minha mãe não abriu o bico sobre o meu porre e, como sempre, meu pai desmaiou em vez de dormir, portanto não viu nem mesmo a gente chegar em casa.

Do outro lado da mesa, minha mãe só lança um olhar meio cúmplice pra mim, me dá uma piscada e vai logo mudando de assunto.

– A noite com certeza foi ótima, amor, não lembra como era com a gente, não? Devem ter caído na esbórnia, mas as meninas não vão querer falar os detalhes, você acha? Então, vou aproveitar que estão todos aqui, quer dizer, menos o Pedro, né? Porque quero contar sobre o novo roteiro que estou escrevendo. Estou achando muito massa, mas quero uma opinião. – E assim, falando enquanto me entucha de litros de soda estupidamente gelada, minha mãe me tira da saia justa e me livra de um inquérito por parte do meu pai, o qual certamente não acabaria bem.

Depois do almoço, a Ingrid ganha um passe livre dos pais para continuar na minha casa. Vamos para o quarto, ligamos a TV bem alta para ninguém nos ouvir e começamos a chamar todas as outras meninas pelo celular. É tanta coisa pra contar e eu estou com tanta vergonha, que chego a pensar em sumir da galera por pelo menos um mês, até a poeira baixar, mas como eu conseguiria, se na segunda todos estarão na escola, inclusive, eu?

Cada menina lembra de um detalhe, mas todas são unânimes no fato de que eu não devo esquentar a cabeça e posso fingir que nada aconteceu; afinal, quem é que não tinha bebido muito? Quem sabe os meninos nem lembrassem do vexame? Quem sabe o Ruivão nem tenha ligado para o fato de eu ter apagado? São tantos "quem sabe" que minha cabeça parece que vai estourar. E, muito pior, quem sabe o Cacá já esteja sabendo de tudo e rindo da minha cara, me achando ridícula ou algo assim? Meu Deus, além de ter beijado outro, ter caído, vomitado e apagado na frente de todos, eu ainda tenho que olhar para a cara do Cacá na segunda. É um pesadelo!

Passamos a tarde no quarto, numa ressaca de matar. Nem o YouTube, nem as fofocas do Whats, nem o Insta, nem nada, consegue prender minha atenção. Prefiro continuar com as janelas fechadas e a TV bem baixinha enquanto a gente cochila.

No fim da tarde, os pais da Ingrid passam em casa para pegá-la, mas eu estou tão destruída que não consigo acompanhá-la até a porta. Nossa despedida é no quarto mesmo.

– Tchau, miga! Fica bem, nada de baixo astral, hein? Amanhã você vai estar melhor e aí a gente se fala. Beijão! – E assim me sinto realmente livre para fazer o que eu realmente quero: ficar em silêncio e sozinha.

# 15. Dando a volta por cima

Mas o primeiro porre não é eterno. Ele passa logo depois que o nosso corpo se livra totalmente do álcool. O problema é que a ressaca moral pega muito mais pesado do que a física. No domingo, fiquei pianinho. Não quis sair de casa; aliás, não quis sair do quarto. Minha mãe ficou de boa, mas meu pai não deu trégua: toda hora me perguntava o que eu tinha, por que eu estava tão quieta, tentava vasculhar se tinha acontecido alguma coisa de que eu não tinha gostado no rolê. Será que todos os pais são assim? Não entendem que existem coisas que são só nossas, ainda mais se somos adolescentes, e mulher! Meninos devem falar coisas de meninos com o pai; meninas devem falar coisas de meninas com a mãe. Simples assim.

Enfim, a segunda-feira chega. Diferente dos outros dias, sou arrastada para o colégio. Eu definitivamente não quero ver o Ruivão, muito menos o Cacá. Mas não dá outra. Quando já estou fechando meu armário, lá vem ele.

– Oi, tudo bem?

– Tudo – respondo secamente.

– Está melhor? Fiquei sabendo que exagerou um pouco na bebida, né?

– Sim, exagerei, ou talvez não. Talvez eu tenha bebido pouco, mas como não sou acostumada...

– É, eu também não aguento muita vodca. E esse negócio de ter sabor é um troço que eu não curto. Fica muito enjoativo – emenda o Cacá, que pelo jeito já sabe dos detalhes do tão comentado rolê.

Pela primeira vez na vida, eu estou doida pra me livrar daquele papo com ele. Até onde vai? Por que não fala de vez que sabe que eu fiquei com o Ruivão? Mas ele não fala. Para o meu desespero, ele só insinua. E eu ali, morrendo de vontade de dizer que eu fiquei mesmo com outro, mas que o culpado foi ele, que simplesmente me ignorou, sumiu da minha frente e nem sequer deu as caras no rolê, mesmo sabendo que eu estaria por lá.

– Legal, então. Espero que tenha gostado de sexta. O pessoal disse que foi chave. – Agora, parece que finalmente ele vai encerrar a conversa.

– Pode pá. Pena que você não apareceu, acho que teria gostado.

Que inferno! Aquele diálogo quase monossilábico não terminava logo.

– Minha mãe deu um jantar lá em casa. Foi um monte de gente e ela quis que a família toda ficasse com ela. Se eu saísse, ia sobrar pra mim. Achei melhor ficar. – Cada uma das últimas palavras é dita com ele olhando bem dentro dos meus olhos.

– Ahhh... Que pena. Da próxima, quem sabe?

Que idiota eu sou. Pensei que o Cacá não tinha ido só pra não me ver, ou que tinha arranjado algo melhor pra fazer, quem sabe encontrar alguma menina diferente, e agora eu coloquei tudo a perder, ficando com o Ruivão. Ele nunca mais vai chegar em mim. Eu fiz tudo errado, meti os pés pelas mãos e agora não tem mais como voltar atrás. A minha vingança (motivada pelo desprezo que o Cacá demonstrou por mim nos últimos dias) foi um tiro que saiu pela culatra, e agora quem está na pior sou exatamente "euzinha".

O sinal toca e o Cacá vai pra sala dele. Continuo plantada no corredor por mais alguns segundos, tentando me recuperar do baque. E só saio dali porque, do nada, surge o Sandro me arrancando do lugar pelos braços e me chamando para a realidade. A minha vontade é de chorar, mas vontades durante as aulas não contam. Tenho que dar a volta por cima, sacudir a poeira e enfrentar duas aulas seguidas de Matemática purinha, ministradas justamente pela pior professora do colégio: a mais brava, a mais cri-cri e a mais velha de todas.

Se, por um lado, o Cacá não me dá a mínima, por outro, o Ruivão é superlegal. Ele dá um jeitinho de se aproximar de mim no intervalo da segunda para a terceira aula.

– Oi, Ju, tudo em cima? Fiquei preocupado com você, deu um apagão geral na sexta. E depois sua mãe apareceu pra te pegar. Nossa, ela deve ter ficado uma fera. Achei melhor não chegar perto pra não piorar as coisas.

A atitude do Ruivão, de uma certa forma, me surpreende. Achei que ele também fosse me ignorar ou fingir que nada aconteceu entre a gente, mas ele parece tão tranquilo e normal que perco a vergonha e vou logo contando tudo. Explico que minha mãe foi surpreendente e o quanto me ajudou; peço desculpas pelo vexame, mas digo que me lembro bem de tudo até minha ida ao banheiro (com isso, faço questão de deixar claro que eu me lembro de que ficamos juntos) e acabamos rindo um pouco quando conto que o pior mesmo foi a vergonha do dia seguinte.

Nossa conversa é boa; saio em paz comigo mesma e com a certeza de que o Ruivão é, de verdade, um cara legal. Se a gente vai ficar novamente, eu não tenho a menor ideia, mas pelo menos foi com ele a minha pisada de bola em ficar com outro garoto na frente de todos os amigos do Cacá.

No intervalo, fico conversando com o Sandro, mas meus olhos não conseguem sair do meu menino de Edimburgo. Ah, ele é tão lindo. Tão, tão... E eu coloquei tudo a perder. Não consigo me perdoar por isso e, pela primeira vez, me lamento para o meu fiel companheiro, Sandro. Eu preciso falar com alguém ou morrerei louca.

– Ju, pra que tanto drama? Esquece, miga. Faz de conta que nada aconteceu. Olha, você ficou com outro, ficou. Mas, também, o cara te dá um beijo e nunca mais aparece pra dizer nada? O que ele quer? Que você fique à disposição? A vida é assim, miga. Toda hora tem um trem passando. A gente entra no mais fácil e no que chega mais rápido aonde a gente quer – resume, às gargalhadas, meu amigo superbem-resolvido.

Com ele tudo parece tão fácil. Simples assim. Até minha sofrência dá um tempo enquanto eu ouço as pérolas que o Sandro solta. Ficamos ali, escondidinhos no cantinho da quadra, só nós dois, falando, rindo e zoando de tudo, principalmente de mim.

Depois da nossa conversa, eu me sinto bem melhor. Não demora pro resto da turma vir atrás de nós querendo saber por que sumimos. Todos, menos o Cacá. Ele viu muito bem a gente conversando, mas só acena de longe quando já está entrando de volta na sala. E pra quê? Basta isso para o Sandro soltar mais uma:

– Olha lá o bofe dando uma de que não está nem aí. Aposto que, por dentro, está se corroendo porque foi trocado por outro. Apooosto que está.

Mais uma vez, caímos na gargalhada abraçados um ao outro.

## 16. Ed Sheeran

Depois de uma sexta-feira que começou perfeita e terminou desastrosa, seguida de um fim de semana enclausurada no meu quarto, finalmente chega a quarta-feira e, com o ela, o tão esperado show de Ed Sheeran, cujos ingressos minha mãe comprou há mais de quatro meses, dentro do carro, indo para a praia. Ou melhor, meu irmão comprou com a minha mãe no seu ouvido, implorando por ajuda, porque, é lógico, ela não sabia acessar o site pelo celular e comprar os tão desejados ingressos. A gente já estava esperando havia meses o início das vendas e, de repente, minha mãe ouviu no rádio que acabaram de liberar as vendas para clientes ouro de um banco qualquer, no qual minha mãe não tinha conta, muito menos cartão.

Mas ela jamais se daria por vencida por esse simples detalhe. Começou a ligar para a família toda atrás de alguém com o bendito cartão. Começou pelos quatro irmãos, passou para a prima e voltou para os irmãos, até que acabou descobrindo que meu tio, o pai da Laura, tinha o cartão. Tudo isso enquanto meu pai dirigia, meu irmão procurava no site, e eu e a Laura tentávamos lembrar todas as pessoas da família que tinham cara de cliente ouro.

Enfim, com os dados do cartão na mão, começou outro drama. Quem iria? Porque a gente só conseguia comprar quatro ingressos, que eram o limite por cartão. Cada um dava um palpite; meu pai queria pagar o mais caro, e minha mãe queria o mais barato, porque de qualquer jeito ninguém ia ver nada mesmo, a não ser pelo telão. Decisão final: iríamos no mais barato. Eu, a Laura e meus pais, com minha mãe já buzinando no ouvido do meu pai que ia assistir ao show todo dançando "grudadinha" nele e que não queria ninguém enchendo o saco dela com o papo de "ai, que vergonha".

Coitado. Eu não sei se foi só pra provocar, mas, se foi, minha mãe conseguiu; meu pai já estava em sofrimento mesmo antes de ter os ingressos no e-mail. Impossível imaginar meu pai ouvindo Ed Sheeran, de pé, no meio de um estádio, depois de horas na fila, dançando "grudadinho" com minha mãe. Aff!

E tudo caminhava como o combinado até que, uma semana antes do show, meu pai anunciou que não iria mais. Pensei que minha mãe fosse explodir como uma bomba atômica; afinal, fazia três meses que ela estava crente de que iria dançar com ele ao som do Ed Sheeran. Mas que nada! Mais uma das surpresas de minha mãe. Ela tirou de letra. Em menos de meia hora, passou o ingresso para meu outro primo, um ano mais velho do que a Lau, e se conformou com que o máximo que conseguiria fazer seria dar alguns passos ao nosso lado mesmo, provavelmente sob olhares reprovadores da nossa parte.

Estava tudo perfeito até que, na noite anterior ao show, minha mãe resolveu ler com atenção os ingressos que imprimiu. A essa altura, eu já me perguntava por que tudo na nossa casa tinha que ser sempre tão confuso, um alvoroço completo, com muitas emoções. Os ingressos tinham que estar no nosso nome, mas meu irmão havia comprado tudo no nome dele porque nunca ia imaginar. Mais um detalhe: o titular tinha que estar presente na entrada do show, e meu irmão tinha ido embora para o Rio de Janeiro. Na entrada, também precisaríamos apresentar o cartão com que fizemos a compra dos ingressos, mas o cartão era do meu tio, que, exatamente naquele momento, estava em Fortaleza, feliz da vida ao lado da minha tia.

Era tanta confusão que meu pai não se conteve e resolveu ajudar. Teve mil ideias, mas a que mais pegou foi a de ligarmos para meu tio e pedirmos para ele fotografar o cartão e nos enviar por Whats, ao mesmo tempo em que meu irmão também nos mandava por e-mail seu documento com foto escaneado. Minucioso, meu pai ainda tirou cópia dos seus documentos e da sua certidão de casamento com minha mãe para provar que o Pepê era enteado dela. Por outro lado, minha mãe, coitada, que iria ter que dar conta sozinha de nos colocar no show, desembestou a tirar cópia de certidão de nascimento, certidão de casamento dela, dos meus tios e assim por diante. Era tanto documento pra tentar provar um elo entre ela e meu tio, o titular do cartão, e outro elo entre ela e meu irmão, que tinha o nome nos ingressos, que minha mãe montou uma pastinha e colocou dentro da mochila que levaria para o show.

Era tanto pepino, que a coitada nem dormiu direito. Nem tanto pelos mais de mil reais que gastou, mas muito mais porque meus primos vinham do interior para assistir ao Ed ao vivo, e nós três esperávamos ansiosamente por este momento havia meses. Era nosso primeiro show internacional e em um estádio de futebol. A nossa decepção seria imensa se tudo desse errado.

Voltando à quarta-feira, os preparativos começam cedo. Minha mãe nem vai trabalhar, aproveita o tempo livre para montar um lanche superlegal para a gente forrar o estômago antes de sair de casa. Meu tio Paulo traz a Lau e o Paulinho e combina de ir nos buscar quando ligarmos. A ideia é nos afastarmos a pé o máximo possível do estádio para tentar fugir da multidão e avisarmos pelo celular onde será o nosso ponto de encontro. Tudo perfeito. Nós quatro (sim, inclui minha mãe) optamos por um visual bem despojado, com tênis, jeans, camiseta e moletom caso esfrie; afinal, nos três dias anteriores, choveu e muuuuito.

Sabemos que será uma luta para chegar ao estádio, mas, mesmo assim, minha mãe se recusa a sair mais cedo, dizendo que não tem mais idade para ficar mofando até o show começar.

— Deus me livre, nem minha coluna aguenta mais isso. Vamos chegar tranquilos e sem sofrimento.

E quem é que vai discordar? O jeito é sair mesmo na hora determinada por ela. O trajeto que duraria normalmente uns quinze minutos se transforma em uma hora, e isso porque resolvemos descer no meio do caminho e terminar o percurso a pé.

Mas nada disso é sofrimento. A gente vai conversando, rindo e chega a combinar que, se alguém nos barrar na entrada, cairemos os quatro no maior choro até que, por dó, nos deixem entrar. A multidão caminha num compasso único; todos vão calmamente se dividindo nas direções apontadas pelas placas conforme o setor de cada ingresso. O legal é que não há tumulto, é um respeito geral. Ninguém atropela ninguém, não tem empurrão, e vou percebendo que a maioria das pessoas da minha idade está acompanhada dos pais, mesmo que ande disfarçando, com uns passinhos na frente, para ninguém perceber a presença dos coroas. A ansiedade batendo dentro do peito é tão forte que eu nem ligo que a minha mãe esteja aqui, pego na mão dela e só quero passar logo pela catraca.

Tanta expectativa, tanto auê, e a nossa entrada no show é a coisa mais simples do mundo. Minha mãe mostra os ingressos e já vai logo nos empurrando catraca adentro. Enfia dois de um lado, dois de outro, fala sem parar no ouvido das moças que colocam as pulseirinhas na gente, e a multidão que vem atrás, na mesma vontade de entrar, colabora para que ninguém crie caso com os nossos ingressos sem titular presente ou o cartão da compra. Quando vemos, estamos dentro do gramado, olhando as arquibancadas que nos cercam e começam a ficar lotadas.

O clima é demais. Uns sentados no gramado, outros de pé em rodinhas de conversa. Alguns casais se beijando, muitos em clima de romance, muitas turmas de adolescentes dançando ou andando pra lá e pra cá sem parar. Ah, tem também a turma das totalmente descoladas, que realmente se vestiram para assistir a um show em um estádio de futebol e, no contrapeso, a turma das patricinhas. Estas, sim, são incríveis. Tem uma menina que mal consegue se equilibrar em cima de um salto fininho de uns dez centímetros. Ela vai toda de preto, pendurada no namorado, desengonçada e afundando o salto nos vãos das placas colocadas para proteger a grama. Mesmo assim, acha que está abafando no seu visual calça colante e top brilhante. Mas, de uma forma geral, com cada um na sua vibe, os tais de paz e amor pairam no ar. O que não falta são os vendedores de cerveja e refrigerante. Eu fico centrada no refri e não posso sequer pensar em nada com álcool.

Quando começa a escurecer, tudo fica muito mais bonito. No palco, cheio de luzes, cada hora formam um desenho com os mais loucos movimentos de cores e formas. Na arquibancada, as lanternas dos celulares, nas mãos levantadas de toda aquela imensidão de gente, viram pontinhos que se mexem iguais a luzinhas de Natal. Que coisa mais linda! Eu estou completamente maravilhada. Quer dizer, nós três estamos maravilhados porque, para minha mãe, isso não é nenhuma novidade. Ela nos olha com uma felicidade de nos ver felizes, e isso está na sua cara. Mas a gente mal consegue falar, fica o tempo com os celulares gravando e postando tudo o que vê e ouve.

Antes do Ed entrar, vem um músico que o acompanha na turnê pela América. É um cara bem com cara de normal. Usa barba e tem uma voz bonita. Canta umas músicas da hora e o pessoal gosta, mas a sensação mesmo é quando o Ed Sheeran entra. A galera vai à loucura. E ele, sozinho naquele palco grandão, dá conta do recado. É maravilhoso ver a multidão dançando e cantando com ele: "The A Team", "Thinking Out Loud", "I See Fire", "Photograph", "Lego House" e "Shape of You".

Ed se mostra mais comunicativo do que eu pensava. Fala muito com o público, mesmo que poucos entendam o inglês que ele dispara no microfone. O que sei é que, entendendo ou não, todo mundo o adora. E no fim, para fechar, aparece balançando freneticamente uma enorme bandeira do Brasil. Aí, sim, a galera delira!

Assistimos a tudo muito bem localizados e sem uma gotinha de chuva. Achamos um lugar perfeito. Mais atrás e, por isso mesmo, com espaço, sem ninguém na nossa frente e sem a sensação de estarmos como sardinha em lata. Vemos tudo pelo telão, mas, no fim, já no encerramento, resolvemos andar para mais perto da saída e daí, sim, encontramos um lugarzinho show, onde conseguimos ver o palco bem de frente e sem nenhuma cabeça nos atrapalhando. O engraçado é que o Ed, que sempre me pareceu tão alto, ali fica pequeno igual a uma formiga. Um bonequinho de nada naquele palco reluzente. Pequeno de tamanho e imenso como cantor. Voz, carisma, charme, tudo. Nossa, é muito melhor do que eu esperava.

Ao contrário dos outros adolescentes que vi aqui, eu não tive vergonha e dancei à beça com minha mãe. Meus primos dançaram menos e filmaram mais. Não percebemos a hora passar. É tudo muito massa – mais uma vez citando minha mãe, pois é assim que ela se refere ao que gosta.

Nós três saímos alucinados do show, encantados com tudo nessa noite. O duro é termos que andar por quase quarenta minutos, subindo e descendo ladeiras feito loucos até chegarmos a um ponto onde meu tio possa nos encontrar. Só que até isso acaba virando brincadeira. A cada esquina que a gente vira, lá vem uma pequena multidão atrás. Parece que a gente não vai se livrar nunca desse monte de gente. Ao mesmo tempo, isso é bom porque não temos medo de andar a pé, mesmo sendo quase meia-noite. Minha mãe nos guia enquanto comentamos, eufóricos, sobre a noite e tudo que aconteceu. A gente tira onda da gente mesmo a cada subida que aparece na nossa frente, mas tudo bem, é tudo uma maravilha!

Acabamos entrando num táxi que minha mãe consegue, muito melhor do que ficar esperando meu tio chegar. Coitados. A Lau e o Paulinho ainda têm que enfrentar mais uma hora e meia de carro para voltar para a cidade deles. Acho que ninguém conseguirá levantar amanhã, mas, desta vez, temos um passe livre para faltar à aula. E, mesmo para eles, o que fica no fim de tudo é que o nosso primeiro grande show valeu muito a pena!

# 17. Uma segunda vez

É tanta novidade pra contar que só o tempo do recreio é muito pouco. Meus amigos estão curiosíssimos para saber como foi o show. E eu, lá no fundinho, recorro ao meu jeito de deixar tudo ainda muito mais interessante nas minhas narrativas. Não é à toa que minha professora de teatro sempre me deixa com a parte poética da história. Acho que ela já percebeu meu entusiasmo em fazer tudo ganhar vida, parecer mais colorido.

Eu falo pelos cotovelos enquanto meus amigos me rodeiam com os olhos sem piscar e as bocas entreabertas. O Cacá está um pouco mais afastado na roda, mas, apesar do seu silêncio, também não tira os olhos de mim. E continua assim até que o primeiro sinal toca. É hora de voltarmos para nossas salas de aula.

Antes que eu me vire de vez, ele se aproxima de mim e me pega suavemente pelo braço. Levo um susto quando vejo quem é. Por essa, eu não esperava.

– Você vai direto pra sua casa depois da escola? – me pergunta.

Meio sem saber o que ele espera que eu responda, eu concordo:

– Sim, vou sim. Por quê?

– Eu vou pra minha também. Pensei que a gente podia ir junto. Quer dizer, se você não tiver outra coisa combinada. – Estranho. Ele parece estar tão sem jeito de me propor isso, e eu aqui, ouvindo a coisa que eu mais queria ouvir na vida.

– Ãhhh, ah, legal. Podemos, sim. Quer dizer, eu ia sozinha pra casa mesmo. Se vamos para o mesmo lado, normal, vamos juntos – completo com cara de paisagem, mas por dentro quero explodir de alegria, quase pulando em cima dele e lhe dando um esporro: "Pô, cara, por que não me perguntou isso antes? Pra que tanta enrolação? Pensei que nem quisesse mais saber de mim!".

Mas tudo isso, lógico, fica apenas nos meus pensamentos. Guardo para mim e termino apenas com um sorriso, levantando a mão e dizendo:

– Até mais, então. A gente se encontra na saída.

Nossa, eu não caibo em mim de euforia. Meu coração está leve. Minha cabeça pensa tanta coisa ao mesmo tempo, e minha vontade de rir, falar alto e correr é tanta, que o difícil é conseguir controlar tudo isso e me concentrar na aula. Os minutos parecem eternos. Os ponteiros do relógio parecem não sair do lugar. E minha cabeça roda o mundo, mas de jeito maneira consegue estar aqui, centrada no que a professora explica.

Um pouco antes da aula de espanhol, não aguento. Pego a régua e começo a cutucar o Sandro, que senta na cadeira ao lado da minha.

– Você não acredita no que aconteceu. O Cacá me chamou pra gente ir embora junto.

– Mentira, miga... O boy desencantou?

– Juro. Não entendi nada, ele nem olhava mais pra mim direito. De repente, me pegou pelo braço e disse que quer ir comigo. A gente vai se encontrar na saída. Ai, Sandro, migo, tô tremendo. Meu coração está a mil.

Mas tenho que parar por aí meu desabafo, porque a professora já entra na sala pedindo silêncio e eu não estou a fim de me arriscar a levar uma advertência por escrito. Sujar a nossa barra com os pais é prato cheio pra essa professora, que acabou de dar uma advertência pra minha amiga Natália porque ela foi ao banheiro sem esperar que a professora entrasse na sala para pedir. Achei um exagero. Pra que isso? Não podia ser só mais um pouquinho condescendente?

Enfim, deixando a professora de lado, o fim da aula chega e eu tenho que me segurar para não ser a primeira a sair correndo da sala. Penso que é melhor que o Cacá chegue primeiro. Não quero que ele perceba minha ansiedade e ache que eu estou louquinha pra ficar perto dele o mais rápido possível. Antes de ir para o portão, ainda dou uma passada no banheiro. O Sandro me espera e subimos a rampa juntos, com ele repetindo um milhão de vezes que eu devia dar uma de difícil, do tipo "não estou nem aí com você, mas já que insiste...".

De longe, vejo o Cacá e acho melhor me afastar um pouco do Sandro para não dar na cara que a gente está falando dele.

Continuamos como se nada tivesse acontecido. Eu e o Sandro nos despedimos apenas com um tchauzinho de longe, mas a gente já combinou de que eu ligaria contando tuuuuudo assim que chegasse em casa.

– Oi, demorei muito? Desculpa, a professora estava terminando de passar o nosso trabalho pra semana que vem. Vamos? – E já saímos andando mesmo antes de eu terminar de falar.

Por cinco quarteirões, o Cacá apenas me segue, falando banalidades. Comenta que o show do Ed Sheeran devia ter sido demais, que no sábado à tarde os meninos combinaram de ir jogar futebol na quadra do seu prédio, que está estressado com a quantidade de trabalhos que os professores passaram e que sua mãe organizou uma viagem para o próximo feriado para Ubatuba e ele se lembrou de mim, já que toda hora eu estou por lá.

Entramos no assunto Ubatuba quando nos aproximamos do parque que tem na esquina da minha casa. E é aí que o Cacá consegue me surpreender ainda mais:

– Você acha que suja na sua casa se a gente der uma parada aqui no parque? O dia está tão maneiro. Pensei que a gente podia sentar um pouco na grama pra conversar antes de eu te deixar em casa.

Meu Deus, nem que isso fosse me arranjar a maior das confusões, eu nunca conseguiria dizer para ele que não. É lógico que eu vou para o parque, sentar na grama com o meu menino de Edimburgo e ver se, finalmente, ele consegue desembuchar de vez tudo o que está pensando ou sentindo. O que eu não aguento mais é essa indefinição, a incerteza que não me deixa entender o que realmente está rolando entre a gente.

Puxo o Cacá para a minha árvore preferida no parque. O meu esconderijo secreto, aonde eu vou todas as vezes que preciso de um pouco de paz, de sossego, ou de luz para tomar uma decisão. Esta árvore era minha e da minha avó. A última vez que ela esteve em São Paulo, antes de morrer, ela passou uns dias com a gente em casa, nós fomos passear no parque e minha avó me puxou para a grama bem debaixo desta árvore. Ela me colocou no seu colo e começou a me mostrar que, se olhássemos para cima, a gente podia ver os mais perfeitos desenhos que se formavam entre os galhos da árvore e o azul do céu limpinho daquele dia. A gente tinha que ir embora porque as pessoas estavam em casa nos esperando para almoçar, mas minha avó não queria sair dali. Do nada, me disse: "Eu não quero ir embora, por mim ficava aqui o dia todo. Este lugar está me dando uma paz enorme".

Desde então, nunca mais esqueci essa frase e decidi que aqui seria o lugar em que eu poderia buscar esta paz que minha avó tanto sentiu naquele dia. Seria o nosso esconderijo secreto, onde poderíamos conversar, mesmo que ela já não estivesse mais aqui na Terra.

É a primeira vez que eu reparto com alguém este meu segredo. O amor é assim. Faz a gente querer dividir até aquilo que há pouco a gente jurava ser só nosso. Quando eu termino de contar sobre a minha avó, a gente está sentado na grama, bem debaixo da minha árvore. O Cacá pega na minha mão e me puxa, colocando minha cabeça sobre seu colo.

– Eu também quero ver esses desenhos que a sua avó te mostrou.

Assim, eu começo a apontar para ele os galhos que se contorcem com o azul do céu ao fundo. Eu me sinto tão feliz que me empolgo vendo desenhos que ninguém mais vê e nem percebo o quanto nossos rostos estão próximos um do outro.

Àquela altura, o Cacá deita na grama ao meu lado, segurando a minha mão, e é assim que ele me beija novamente. Eu me deixo ser beijada lentamente por ele até abrirmos os olhos e ficarmos só nos olhando, sem falar nada.

– Você é diferente, sabia? Tem sempre uma história pra contar. Acho isso legal – me diz o Cacá, desviando o olhar para cima.

– Por que diferente? Eu sou igual a todo mundo. Talvez, eu só tenha um jeito diferente de ver as coisas que acontecem ao meu redor. Por que você me beijou? – disparo, tomando uma tremenda coragem.

– Hum, te beijei porque te acho interessante. Achei que você também achasse isso de mim e por que não? A gente está aqui, é legal quando a gente está junto. Ah, não sei, Ju. Me deu vontade, precisa mais do que isso? Eu estou a fim, você está a fim...

– Não. Acho que não precisa, não, né? Mas é que acho meio esquisito. Uma hora você me beija, outra nem olha direito pra mim. Outra hora me diz que sou interessante, outra desaparece. Não é que eu esteja cobrando nada, não. É só que, às vezes, acho você meio confuso.

– Olha, Ju, a gente é supernovo. Tem tanta coisa que a gente está começando a viver agora, então não dá pra gente querer assumir nada sério, assim, tipo namoro, sabe? Hoje, a gente quer estar junto, legal, ótimo. Se pintar dos dois lados, vamos ficar. Mas, se amanhã a gente quiser estar em outro lugar, ou com outra pessoa, ou só com os nossos amigos, beleza, a gente tem que ter essa liberdade. O importante é a gente curtir. Eu não quero ficar preso a ninguém, nem a nada. Esse negócio de namorar ou algo parecido ainda é muito cedo pra mim.

Nossa, o Cacá realmente jogou um balde de água fria no nosso momento. Se, da primeira vez, o nosso beijo tinha deixado a sensação de que eu estava flutuando. Agora, no segundo, eu sinto apenas meu coração paralisado. A minha vontade é de sair correndo pra minha casa e me trancar no quarto, sem ouvir a voz de mais ninguém por um bom tempo.

– Cacá, eu não estou falando de namoro, não. Acho que você não entendeu. Eu também não quero nada sério com você, nem com ninguém. Assim como você, eu quero é curtir a minha vida, ter a minha liberdade de ficar com quem eu quiser, na hora em que eu quiser e do jeito que eu quiser. Só estava falando que você não precisa desaparecer com medo de eu querer pegar no seu pé, porque isso não vai acontecer. Pode ficar tranquilo e ter certeza de que isso não vai acontecer nunca.

Sem nem terminar meu raciocínio, que, se eu bobeasse, viraria um discurso de tão "p" da vida que eu estou, já vou levantando, pegando minha mochila e avisando que eu preciso ir para casa antes que a funcionária ache que eu sumi e acione minha mãe.

O Cacá tenta contornar a situação, me explicar que não é bem isso, mas, no fundo, nós dois estamos tão constrangidos que o melhor é mesmo ir embora e deixar o resto pra lá. Saímos do parque e ele vai comigo até a esquina, onde novamente nos separamos, só que agora sem beijo nenhum. Apenas um tchau muito do formal.

Eu entro em casa arrasada. Vou direto para o quarto sem falar com ninguém, apenas aviso que não quero almoçar e muito menos que me perturbem, porque vou ficar estudando. Mentira pura, eu mal fecho a porta e já estou aos prantos. Pela primeira vez, eu choro por um menino. E como é horrível, como dói!

## 18. Apenas uma sinusite

Não liguei para o Sandro. Tampouco respondi a alguma das mil mensagens que ele me mandou durante a tarde. Não atendi nenhuma ligação. Não olhei para o celular. Eu precisava ficar sozinha, no escuro do meu quarto, com a janela fechada. Eu precisava desabar e não queria que ninguém me visse destruída. Chorei, mas chorei tanto que acabei adormecendo de uniforme e tudo. Esparramada na minha cama, sem sequer tirar o tênis.

Quando acordo, percebo que perdi a noção da hora. Sinto meu rosto inchado e meus olhos nem abrem direito, parecem colados. É melhor eu ir para o banho antes que minha mãe ou meu pai cheguem e me metralhem de perguntas. É ótimo sentir a água do chuveiro quente caindo sobre meu corpo, massageando meus ombros.

Depois do banho, coloco meu pijama, ligo a TV e, apesar de saber que preciso fazer minhas lições, eu só consigo ficar com o livro aberto na minha frente; o lápis na mão e o olhar perdido no nada, com os pensamentos dispersos nas frases soltas do Cacá, que ainda ecoam na minha cabeça.

E assim eu fico até que minha mãe seja a primeira a chegar em casa, já berrando meu nome desde a porta da sala:

– Juuu, filha? Cheguei!

O que era uma rotina, hoje, vira um pesadelo. Eu não quero olhar para minha mãe, eu não quero ter que explicar minha cara de derrota, eu simplesmente não quero falar, apenas isso. Mas, com minha mãe, será impossível!

A desculpa que arranjo é ótima: a minha sinusite está atacada, mas tão atacada, que eu estou derrubada e preciso descansar para conseguir ir à aula no dia seguinte.

Até agora, não sei se minha mãe acreditou ou fingiu que acreditou. De qualquer forma, ela consente em me deixar em paz. Nesta noite, meu pai chega muito tarde do trabalho. Nós já estamos dormindo. Acho que Deus teve piedade de mim; um a menos para quem me explicar.

# 19. A decepção

A sensação do dia seguinte é a de uma tremenda ressaca. Minha cabeça está pesada e minha vontade de falar com qualquer pessoa é zero. Nisso tenho que tirar o chapéu para minha mãe. A bicha é esperta e fica na dela. O mesmo já não posso falar do Sandro. Enquanto para minhas amigas a desculpa da sinusite parece colar, para ele tenho que contar a verdade. No recreio, nós dois desaparecemos do mapa e a última pessoa que eu quero ver novamente é o Cacá. Aliás, naquele dia, não nos encontramos no armário. Não sei o que houve, mas simplesmente não o vi na escola, mesmo que o pessoal já tenha dado um jeitinho de contar que ele está por lá.

Voltando ao Sandro, dele não tenho como fugir. Vamos sentar atrás da quadra de basquete, bem longe do pessoal, para que ninguém nos veja. Mal começo a falar e meus olhos já estão cheios de lágrimas novamente. Meu amigo as enxuga e me fala:

— Não, não, pode parar com isso. Miga, não tô acreditando que você vai chorar pelo boy. Ele não merece, ah, mas não merece meeeesmo. Nem é tão bonito assim. E também é baixinho. Já me falaram até que a mãe dele é uma megera e que ele morre de medo dela. Pensa que pelo menos você está livre de uma sogra assim. Eu hein, já pensou? A gente já tem pai e mãe pra pegar no nosso pé, quem é que precisa de mais uma sogra megera? Deus que te livre!

Confesso que o Sandro é tão engraçado na maneira de falar que, mesmo chorando, acabo rindo dele. Apesar de eu não querer falar com ninguém, foi bom eu ter desabafado. Aliviou um pouco por dentro.

Quando voltamos para a sala, as meninas todas estão alvoroçadas atrás de nós. É impressionante como todo mundo tem que saber de tudo na turma. E, se alguém some, vira a novidade do dia. Por que sumiu? Aonde foi? O que aconteceu? É pergunta que não acaba mais. Privacidade? Imagina, ninguém sabe o que isso significava. É como se a vida de cada um fosse a vida de todo mundo. Vivemos tudo tão intensamente que nada escapa da nossa curiosidade, sejam coisas legais ou ruins.

Meu celular toca bem na hora em que estou levantando para arrumar minha mochila e ir embora. É minha mãe. Ela está na porta da escola para me pegar; vamos almoçar no shopping, já que a funcionária de casa não foi. Entro no carro e ela estende as mãos, me dando uma caixa de chocolate de presente, explicando do nada:

– Quando a gente não está muito bem, nada melhor do que um chocolate para colocar uma alegriazinha no nosso coração. O bendito é terrível pra engordar, mas é maravilhoso pra dar um up no nosso dia. Ah, isso não tem como negar. Não é à toa que TPM e chocolate andam juntos, bem assim ó: falou TPM, pensou chocolate. – E, enquanto fala, minha mãe gesticula, mostrando um dedo indicador ao lado do outro, na tentativa de ilustrar como os dois andam juntos. Concordando ou não, eu sei que fico bem feliz com o presente. Eu vou é devorar esta caixa em minutos depois do almoço. E acho que nisso minha mãe tem razão: só de pensar nesses chocolates, eu já estou mais feliz.

Sentamos numa mesinha na praça de alimentação, onde, enquanto minha mãe degusta sua salada com salmão grelhado, eu afundo minhas mágoas num prato de estrogonofe.

– Filha, eu não sei o que aconteceu ontem e você também não precisa me contar se não estiver a fim. Só quero que saiba que, se tanto sofrimento é por causa de um garoto, simplesmente não vale a pena. – De repente, quando eu já estou esperando minha mãe completar seu discurso, ela para. Para e começa a acenar com as mãos pra frente, soltando um sorriso e olhando para alguém.

– Oooi...

Curiosa, olho também para ver com quem minha mãe fala. É um colega de trabalho dela, o Zé Fernandes. Eles se conheceram em Sergipe enquanto rodavam um filme. Não sei que treta deu, mas minha mãe conta que ela e seu grupo de trabalho tiveram que trocar de hotel às pressas numa noite, por determinação de seu chefe. O problema é que eles já estavam naquele hotel havia uns dois meses e minha mãe tinha arrumado no guarda-roupa do quarto tudo o que estava em suas duas malas de exatos vinte e três quilos cada, já que iria ficar por outros dois meses filmando naquela cidade.

Com as malas vazias, minha mãe resolvera emprestá-las para minha avó, que tinha ido visitá-la e de lá esticara sua viagem para as cidades vizinhas. Resumindo, ela teve que mudar de hotel carregando todas suas roupas e mais dez pares de sapatos em sacos de lixo pretos, daqueles bem grandes.

O único que a ajudou foi o Zé Fernandes, que, supersolidário, foi com minha mãe arrastando os sacos pelo saguão do hotel; aliás, um hotel cinco estrelas, enquanto os sacos rompiam com o peso e espalhavam pelo chão, sob os olhares de todos os hóspedes, uma camiseta aqui, um pé de sapato acolá. Depois de umas cinco viagens arrastando sacos de lixo em um hotel elegante, minha mãe nunca mais se esqueceu do seu amigo Zé Fernandes.

E agora aqui está ele, o famoso Zé, aparecendo pela primeira vez na minha frente. É uma figura que parece saída das profundezas do mundo jornalístico da década de 1970. Ele tem um rabicho de cabelo mais comprido na nuca, o que chama ainda mais a atenção para sua cabeça careca reluzente na parte de cima. Na orelha direita, um discreto brinquinho de um brilhante provavelmente falso. Usa uma calça jeans um tanto justa nas pernas e, na camiseta preta, traz um refrão qualquer de rock 'n' roll, o que ajuda a denunciar sua idade. Enfim, a figura vem chacoalhando uma bandeja nas mãos, com prato, copo, refrigerante e ainda uma sobremesa. Eu só penso: *isso não vai dar certo*.

Mas o Zé parece tão eufórico que nem liga. Lá de longe, berra enquanto caminha rapidinho na nossa direção:

– Menina, que bom te ver!

Mal termina a frase e, de repente, em questão de um segundo, eu só vejo a bandeja voar, a cabeça do Zé virar para baixo, as pernas para cima e um berro soar solto no ar:

– Aaaai...

É tudo tão rápido que só escuto a minha mãe chamando:

– Zééé... Jesus, você está bem? – E, quando vejo, ela já está ao lado dele, tentando levantá-lo do chão, agora coberto de comida e refrigerante. Tenho um ataque de riso e, quanto mais eu tento me conter, mais eu rio. É impossível parar de rir, eu simplesmente não consigo. Minha barriga chega a doer. Mas o que eu acabei de ver é uma cena digna de comédia. Coitado do Zé; ele estava tão feliz de ver minha mãe e agora o shopping inteiro olha para ele, uns com dó, outros, assim como eu, morrendo de rir.

O segurança do shopping logo aparece e, com a minha mãe, ajuda o Zé a levantar. Penso: *é melhor eu engolir esta risada agora ou minha mãe vai me matar quando voltar para a mesa*. Mas pensa na cena: primeiro, o cara leva um escorregão como se estivesse numa piscina de sabão, dá um *looping* para trás com uma bandeja de comida voando de suas mãos; depois, cai de bunda no chão e, socorrido pelo guarda e pela minha mãe, levanta com a cara coberta de gelatina. Sei que é maldade, mas é impossível não achar engraçado. A confusão é tanta que, nesta altura, não há mais almoço. Eu devorei o meu prato de estrogonofe, mas o salmão da minha mãe já era. Está frio e esquecido, enquanto ela tenta socorrer seu amigo. Nada quebrado, a não ser o prato. O Zé se ajeita e vai embora sem nem lembrar de me dar um oi, muito menos um tchauzinho.

Minha mãe volta para a mesa toda descabelada e suando. Olha para mim, senta soltando um suspiro e, sem que eu espere, começa a rir feito louca.

— Meu Deus, só podia ser o Zé Fernandes mesmo. Ele sempre foi um desastre em pessoa, o cara mais estabanado que já conheci. Mas, coitado, ele estava tão feliz.

E assim nós ficamos ali por uns cinco minutos, só relembrando o tombo do Zé e rindo demais. Naquela altura do campeonato, minha mãe nem recorda mais de sua verdadeira intenção quando me convidou para almoçar ou aonde pretendia chegar com o seu discurso, aquele que mal tinha começado na hora em que sentamos. Também já não importa. Se o assunto era para ser sério, nosso almoço acabou virando uma farra, quase que uma piada. E é muito bom rir desse jeito com minha mãe. Talvez, neste momento, seja a melhor coisa que poderia me acontecer. Rir e esquecer de tudo. Apenas rir.

## 20. Itália

Chegamos em casa e *surprise*, meu pai está lá. Todo romântico, dá um pulo do sofá quando nos vê e vem até a porta nos receber com um abraço. Minha mãe ganha um beijão na boca e eu fico sem entender nada. Meu pai está ouvindo Fábio Jr. e, até onde eu saiba, quem gosta do cara é a minha mãe, não ele. Será que meu pai tem algum tipo de sexto sentido? É incrível, é como se ele tivesse ouvido todo o discurso da minha mãe no nosso almoço e estivesse fazendo tudo isso só para mostrar a nós duas que ela estava errada. Os homens podem, sim, valer a pena.

Minha mãe me olha, dando de ombros e com cara de "ué", mas, do jeitão dela, vai jogando tudo pra cima do balcão branco na entrada de casa e começa a dançar. Que vergonha! Às vezes, penso que minha mãe adora fazer tudo pra contrariar. Sei lá, talvez tenha algum tipo de prazer em ir na contramão do que as pessoas acham. Algumas de suas pérolas: ela não está nem aí se todo mundo à sua volta acha o Fábio Jr. brega e anuncia aos quatro ventos que adora o cara.

No ano passado, ela comemorou seu aniversário num bar de frente para o mar em Ubatuba. Quando a banda tocou uma música dele para ela, vocês não têm ideia do tanto que essa mulher dançou, vibrou e cantou. Tudo isso sozinha, bem de frente para o palco. Imaginem se fosse o próprio Fábio Jr., acho que ela enfartava.

Minha mãe também vive dizendo que o Sílvio Santos é seu ídolo e que já sonhou umas quatro vezes que estava namorando com ele. Ah, ainda nesta vibe, adora a Hebe Camargo e diz que ela era ótima porque era autêntica e não estava nem aí pras críticas.

No fundo, é engraçado ver meus pais juntos. Meu pai é todo certinho, tímido. Gosta de samba, Chico Buarque, só dança em festas depois de beber umas e outras e adora ler livros difíceis. Mesmo assim, por algum motivo que só pode ser de ordem divina, os dois estão juntos há quase vinte anos. Eles já tiveram momentos difíceis. Lembro que, quando eu tinha uns 10 anos, eu ficava desesperada quando via os dois brigando (e olha que o "pega pra capá" deles era terrível, verdadeira briga de dois leões ferozes). Eu começava a chorar e pedia, aterrorizada, pelo amor de Deus, pra eles pararem. Pensar nos dois separados me deixava em pânico e eu não conseguia nem cogitar tal possibilidade. Até hoje não sei quem tinha razão, sempre preferi não tomar partido naquelas brigas porque não seria justo ficar do lado de um ou de outro; o problema era deles e eles tinham que dar um jeito de se arrumarem. Sim, de se arrumarem, porque separação nem pensar.

Se minha mãe chorava, eu ia até ela tentando confortá--la. Era muito triste ver como ela ficava arrasada. Então, eu a abraçava e ficava com ela até se acalmar. Meu pai era mais difícil porque, quando ele fica bravo, simplesmente sai do sério de tal forma que é melhor ninguém falar nada até a poeira baixar. E olha que às vezes só baixa depois de alguns dias. O problema é que meu pai não se abre, não fala, então eu só me aproximava dele depois de um certo tempo de sua explosão emocional. Ia pianinho e, na primeira oportunidade, lhe dava um abraço bem apertado, só perguntando: "Vocês não vão se separar, né?". E aí, eu desabava a chorar novamente.

Hoje, acho que essas brigas fizeram parte de uma crise no casamento dos meus pais, porque, com o tempo, foram diminuindo e perdendo a intensidade. Nós nunca falamos sobre isso, mas minha mãe, vez ou outra, solta que casamento é assim: tem altos e baixos e é uma questão de colocar na balança o que a relação tem de bom e de ruim para ver se vale a pena continuar. Ainda completa: "E se eu não separei do seu pai até agora, aí é que não separo mais mesmo. Não tenho mais idade pra isso, não". E cai na gargalhada.

Se por um lado houve os momentos ruins, por outro, acho que os dois têm momentos incríveis para recordar. Eles estão sempre tentando inventar coisas diferentes, e eu quero fazer o mesmo se um dia me casar. No começo do ano passado, eles resolveram ir pra Itália levando uma turma. Meu irmão, tadinho, não pôde ir porque estava de trabalho novo. Fomos eu, três primos e, de quebra, o Vicente e a Fernanda, namorados do meu primo Beto e da minha prima Bu, mas que a gente já considera da família. É isto aí: eles que nem pensem em terminar.

Em Roma, a gente alugou um apartamento bem antigão, mas num local muito bom, bem pertinho de um monte de coisas legais. A gente levou um susto quando chegou e deu de cara com um prédio construído há uns mil anos, todo de pedra, com uma portinha minúscula de entrada. Pra piorar, na nossa recepção, um rato atravessou a rua correndo, bem em frente ao prédio. Só ouvi o comentário do meu pai:

– Tá vendo, gente? Rato não é coisa de país pobre e muito menos da Idade Média. Pelo menos, agora a gente sabe que, no Primeiro Mundo, também tem rato. Igualzinho lá no Brasil.

Foi um silêncio total. Onze horas de viagem, mais quatro horas de espera para entrar no apartamento, e agora a gente dava de cara com um prédio que parecia assustador e ainda podia ter ratos. Mas ninguém falou nada, apenas entramos puxando oito malas enormes e mais oito de mão. Tudo pela escada, porque não tinha elevador.

Meu pai foi na frente e, quando abriu a porta, já preparado para dar de cara com o maior arrependimento de sua vida, soltou um "nossa" de alívio, que fez todo mundo correr pra colocar a cara pra dentro. Que surpresa! O apartamento reformado era ajeitado, claro, bem equipado e com dois quartos enormes e muito confortáveis para abrigar a todos nós.

Aquela viagem foi o máximo. A gente saía todos os dias em turma para conhecer Roma. Estava um frio danado e, na hora de comer, era sempre a mesma luta: conseguir uma mesa que coubesse todo mundo. De manhã, o meu primo Beto e o meu pai tinham que ser os primeiros a levantar, porque monopolizavam o banheiro. A gente tinha que ficar batendo na porta pra fila andar. Quando chegávamos da rua, a hora do banho era a mesma novela. Mas tudo era muito engraçado, sempre tinha alguém fazendo piada, todo mundo rindo e, nos quartos, uma zona danada de malas abertas pelo chão. Em pouco tempo, a gente já conhecia toda a redondeza. Fizemos amizade em um restaurante onde o garçom era brasileiro e teve uma noite em que, quando estávamos pagando a conta, começou a tocar música brasileira. Ah, não deu outra. Fomos todos dançando e cantando para a porta do restaurante e, em pouco tempo, os italianos que ali estavam acabaram se empolgando e dançando com a gente.

    O Vicente era o rei de esquecer as coisas. Vira e mexe, a gente tinha que voltar para algum lugar porque ele tinha esquecido a máquina fotográfica, a sacola, o cachecol e aí afora. A Fê e a Bruna eram as rainhas das fotos. Aonde a gente ia, elas tinham que parar para fazer uma foto. E lá ia um tanto de paciência para poses, caras, biquinhos, cabelo pra cá e cabelo pra lá até que a foto fosse aprovada. Se as duas eram as rainhas das fotos, eu e a Lau éramos as rainhas das compras. O que a gente gostava mesmo era de se perder nas lojas. As de maquiagem, então, nem se diga.

    Depois de quatro dias vasculhando Roma, meus pais alugaram uma van e aí, sim, começamos uma verdadeira aventura. Fomos subindo no mapa da Itália, passando pela Toscana e indo até Veneza. O mais engraçado era o sobe e desce da van. Juntava mala, juntava gente, ligava o GPS e a música, e lá íamos nós, todos apertadinhos. Tinha uma tal de uma música chamada "Árvore da Inocência", de um tal de Guilherme Arantes, que virou a marca registrada da viagem. Bastava entrar e ligar o carro que, não sei o que acontecia, lá vinha a tal da música no celular do meu pai. Ninguém aguentava mais.

A gente conheceu uma cidadezinha mais linda do que a outra. Eu nunca imaginava que um dia iria a lugares como aqueles. Castelos, ruelas estreitinhas, tudo medieval, como nas histórias de rainhas e cavaleiros. Era a primeira vez de todos nós na Europa, menos a dos meus pais. Parecia excursão. A gente andava em grupo, todo mundo encantado com tudo: lugares, comidas, pessoas... Tudo era tão bom, a gente estava tão feliz. Com certeza, foi uma viagem que nenhum de nós vai esquecer.

Quando chegamos a Veneza, nós, que pensávamos já ter visto tudo de lindo da Itália, ficamos ainda mais apaixonados. A cidade era alucinante e ainda estava em pleno Carnaval. Diferente de todo o resto, Veneza era uma descoberta a cada viela, cada canal e suas gôndolas, cada mascarado que passava em direção à praça San Marco, onde o Carnaval acontecia de uma forma totalmente inusitada. À noite, a gente ia para a praça enfrentar o frio congelante, esquentando o corpo na balada, ao som de vários DJs e muito som eletrônico.

Entre os micos de Veneza, o mais engraçado foi a cara do Vicente pagando sessenta euros num prato de macarrão com lagosta, que ele jurava custar dezesseis euros. Isso que dá ir aceitando sugestão de garçom que só fala italiano! Ele apontou no cardápio o tal do prato de espaguete com lagosta. Nisto, o garçom respondeu, todo engraçadinho e desandando a falar um monte na cabeça do Vicente. O cara fazia gestos e o pobre do Vicente, crente de que era melhor concordar com ele, respondeu com um sinal de positivo.

Os pratos começaram a chegar à mesa. Todos recebiam um espaguete a bolonhesa ou algo assim, mas, de repente, a mesa parou e todos os olhares foram para um único lugar: o prato do Vicente. Um espaguete coberto por uma lagosta gigante, inteirinha da Silva. O comentário foi geral. Caramba, o Vicente tinha se dado bem. Dezesseis euros por um prato com uma lagosta maravilhosa e gigante. E ele comeu todo feliz, se gabando por ser o único na mesa a realmente ter escolhido certo. E assim ele continuou até a hora de pagar a conta, quando descobriu que o prato de dezesseis euros era macarrão com lagosta picadinha, mas que, na lábia do garçom, ele tinha trocado por um outro prato quatro vezes mais caro. E é lógico que ninguém deixou passar barato. Depois de ele tanto ter gozado de todo mundo, era a vez dele de virar a bola da vez. Só sei que a lagosta virou uma bronca tão grande, que no outro dia o Vicente só comeu McDonald's.

E, depois de Veneza, começamos a descer tudo novamente de volta à Roma. Meus pais fizeram um outro roteiro para que a gente conhecesse novas cidades. Passamos pela famosa Torre de Pisa, que eu já tinha estudado nas minhas aulas de História. E, antes de entregarmos a van, é lógico, que mais alguma história tinha que acontecer para encerrar nossa aventura.

A gente já estava bem pertinho do apartamento alugado, feliz da vida para descer do carro, quando meu primo Beto, que estava dirigindo, virou numa rua indicada pelo GPS e pronto: a van entalou. Sim, a rua era tão estreita que mal passava um fusca, imagina, agora, uma van. Voltar de ré não dava porque já tinha uma fila de carro atrás da gente. Ir reto não dava porque tinha um carro estacionado em cima da calçada com a bunda para a rua, ocupando o pouco espaço que tinha pra gente passar. E virar, como indicava o GPS, era algo quase impensável. Só ouvi alguém lá atrás da van falar: "Ih, fodeu!".

Minha mãe já meteu uma de que a rua era tão estreita que precisávamos de um milagre, ou o carro só sairia dali se fosse guinchado por um helicóptero. Era tanto palpite, principalmente dela, que o meu primo estava zonzo. Meu pai desceu do carro pra ficar na rua orientando o Beto. Parecia um guarda de trânsito. A rua começou a juntar gente. Todo mundo sem acreditar que aquilo daria certo. Teríamos que dormir ali até o bendito do dono do carro estacionado na calçada aparecer e tirá-lo da frente. De repente, um silêncio tomou conta da van. Desligaram a música, o Beto parou de xingar, minha mãe parou de falar e ninguém palpitou em mais nada. Só meu pai permanecia do lado de fora mandando "pra direita, esquerda, vira a direção, acerta a direção" e assim por diante até que, por piedade de Deus, inacreditavelmente, a van desentalou.

Dentro do carro foi uma gritaria só, todo mundo batendo palma, dando "urra", respirando aliviado. Até o pessoal que estava parado olhando vibrou com a gente, fazendo gesto de positivo para o meu primo. A gente não ia mais ter que dormir no carro. Fora que a gente já estava imaginando até nossas carinhas nos jornais: "Bando de brasileiros fica entalado em beco de Roma e causa caos no trânsito". Que mico!

Mas nada disso aconteceu. Tudo resolvido. Pudemos descer da van com nossas malas e dezenas de sacolinhas, liberando o carro, todo sujo de farelo de bolacha e garrafinha de água vazia, para ser devolvido. E assim ficamos mais dois dias antes de voltar para o Brasil.

É lógico que foram mais dois dias de tumulto, farra, algazarra e muita, muita diversão. Voltamos para o Brasil tristes, mas ao mesmo tempo superanimados com a nossa próxima viagem. Sim, a gente já estava pensando na próxima. Meus pais, que financiaram toda a farra, voltaram quietinhos sobre o assunto, só ouvindo os nossos mil planos para o próximo roteiro. Cada um dizia um lugar, mas, no fim, entramos num consenso: França. Ia ser demais. Paris que nos aguardasse!

## 21. Uma outra história

E, enquanto Paris não chega, eu vou mesmo vivendo a vida em São Paulo. Uma hora cheia de compromissos, outras bem tranquila. Sempre rodeada pelos amigos, menos quando meus pais inventam de ir para Ubatuba, Caçapava ou Campos do Jordão nos fins de semana. Mesmo assim, não é que às vezes calha de eu encontrar alguém conhecido em uma dessas cidades? É a minha salvação.

O fora (se é assim que eu posso chamar) que eu levei do Cacá ainda dói, mas cada dia menos. Um pouco do amor que eu tinha por ele está se transformando em raiva. Raiva por ele ter sido tão babaca. E isso me ajuda a esquecê-lo ou, pelo menos, algo parecido. E o que eu mais detesto no Cacá é que vira e mexe eu o pego me seguindo com o olhar, ou tentando se aparecer para mim. Será que ele não entende que eu não quero mais saber dele ou será simplesmente que ele não quer perder mais uma fã para o seu caderninho? De qualquer forma, isso é idiota demais e eu não estou a fim de entrar nesse jogo.

Eu e o Sandro estamos cada vez mais cúmplices um do outro. Eu ganhei um "amigo *forever*". Ele vem quase todo dia na minha casa, conversa com a minha mãe, estudamos juntos, ele me ajuda a escolher o que vestir nos rolês, me dá dicas de como me maquiar e ainda insiste que eu preciso arranjar loguinho um outro crush. Este é meu fiel e animado amigo Sandro.

Agora, além do teatro, eu resolvi que quero voltar para o balé, que eu fiz dos 4 aos 10 anos. Minha mãe sempre me apoia em praticar uma atividade física e rapidinho me deixa voltar para a escola onde eu dançava.

O ano já está chegando ao meio e logo vem meu aniversário de 15 anos. Que top! Minha próxima parada é me empenhar ao máximo para decidir se eu quero festa ou prefiro ir para o tão desejado NR em Boston, com minha escola de inglês. Ou, quem sabe, com jeitinho, eu consiga convencer meus pais a me darem os dois de presente. Enfim, se este é o objetivo, o melhor é começar rapidinho a me endireitar na escola, porque, sem um boletim nota dez, ganhar a festa e mais Boston se torna um sonho cada vez mais distante.

Eu estou deitada com a cabeça na cama e as pernas levantadas, apoiadas na parede, enquanto penso nas anotações no meu diário. É uma mania que eu tenho desde pequena: ficar de cabeça pra baixo e com as pernas para cima. Meu pai sempre que me vê, fala: "Menina, você só vê o mundo de pernas pro ar". E é assim que eu começo a ler o meu diário. Ali estão as principais coisas que eu me prometia fazer ainda este ano. Eu quero visitar mais meu avô em Caçapava, me reaproximar mais da Lau, participar da apresentação de teatro no fim de ano na escola, e, antes de tudo, mudar meu quarto porque eu já não tenho mais 10 anos e ele é muito infantil pro meu gosto.

Com tanta coisa pra fazer, não é possível que esquecer o Cacá seja tão difícil. Puxa, de repente, me dá um estalo. É justamente isto: esquecer o Cacá tem que ser meu objetivo número um este ano. Eu vou começar por ele. E nada melhor para esquecer um crush do que arranjar outro, vocês não acham?

Hummm, neste exato instante, uma nova mensagem apita no meu celular. Dou uma olhada por cima: "Oi, pessoal, alguém da turma a fim de conversar?".

Adivinhem quem é. Justamente, o Ruivão. Sinal de Deus? Sei lá, mas seja o que for, respondo:

"Oiê, eu por aqui."

Por que não? Quem sabe seja hora de eu começar uma outra história, com um novo foco, um novo jeito de viver e ver o mundo? Começar uma história olhando a vida, literalmente, de pernas para o ar.

**fonte**
adelle

**@novoseculoeditora**
nas redes sociais

**gruponovoseculo**.com.br